W0362718

ro
ro
ro

Elke Heidenreich, 1943 geboren, lebt in Köln. Sie hat mehrere Kinderbücher (unter anderem «Nero Corleone», 1995), Kolumnen und Geschichten geschrieben, ist freie Autorin und Moderatorin bei Funk und Fernsehen und seit 2003 Moderatorin der ZDF-Literatursendung «Lesen!».

Im Rowohlt Taschenbuch Verlag liegen u. a. vor: «Kolonien der Liebe. Erzählungen» (rororo 13470), «Der Welt den Rücken. Geschichten» (rororo 23253) und die «Also ...-Kolumnen aus BRIGITTE», Band 1–5. Zuletzt erschienen «Wörter aus 30 Jahren» (rororo 23226), «Kein schöner Land» (rororo 23535), «Datt kann donnich gesund sein» (rororo 23805), «Geschnitten oder am Stück?» (rororo 23977) und «Mit oder ohne Knochen?» (rororo 23997).

Bernd Schroeder, 1944 in Aussig geboren, ist in Bayern groß geworden und lebt seit vielen Jahren ebenfalls in Köln. Er ist Autor und Regisseur zahlreicher Hör- und Fernsehspiele und hat die Romane «Versunkenes Land» (1993), «Unter Brüdern» (1995), «Die Madonnina» (2002) und «Mutter & Sohn» (2004) veröffentlicht.

Elke Heidenreich / Bernd Schroeder

Rudernde Hunde

Geschichten

Rowohlt Taschenbuch Verlag

Ungekürzte Ausgabe
Veröffentlicht im Rowohlt Taschenbuch Verlag,
Reinbek bei Hamburg, Mai 2006
Lizenzausgabe mit Genehmigung von Carl Hanser Verlag
München Wien
© Carl Hanser Verlag München Wien 2002
Umschlaggestaltung any.way, Cathrin Günther
nach einer Idee von Peter Andreas Hassiepen
Gesamtherstellung Clausen & Bosse, Leck
Gesetzt aus der Palatino PostScript, PageOne
Printed in Germany
ISBN 13: 978 3499 33233 3
ISBN 10: 3 499 33233 7

Rudernde Hunde

Karneval, bitterkalt, ich glaube, es war 1982. Ich glaube sogar, es war der Rosenmontag. Walter und ich waren tatsächlich auf einem Kostümfest gewesen, selten genug, wir hassten den Karneval, aber um ihn wirklich zu hassen, muss man ihn ja schließlich auch mal mitgemacht haben. Walter trug ein Bärenkostüm, ich ging als Panzerknacker in Gestreift mit Nummer auf der Brust und Pappkugel am Bein. Wir kamen um Viertel nach eins in der Nacht nach Hause, leicht angetrunken, verfroren, es schneite wieder. Ich freute mich auf ein letztes Glas Sekt in der warmen Badewanne und auf mein Bett.

Aber es kam anders. An diesem Abend sollten Heinz und Fritz in mein Leben treten.

Wir fanden auf der Matte zu unserer Wohnung einen Zettel der Nachbarin, die während unserer Abwesenheit nach dem Hund geschaut hatte und auch einmal mit ihm rausgegangen war.

«Telefon hat geklingelt», schrieb sie, «ein Albert aus Paris. Er fährt mit dem Orientexpress heute Nacht nach München, und sein Zug hat genau um zwei Uhr drei eine Minute (1 Minute!) Aufenthalt hier. Ihr sollt bitte unbedingt an den Zug kommen, es wäre wahnsinnig wichtig.»

Das war noch nicht die Zeit der Handys. Der Zug von Paris nach München war jetzt unterwegs, Albert saß drin und würde in weniger als einer Stunde eine einzige Minute auf unserm Bahnhof sein. Was tun?

Albert war mein ältester und bester Freund. Gut, er war mehr als ein Freund gewesen – ich hatte einige Zeit mit ihm zusammengewohnt, das Bett mit ihm und seinem Labrador Willi, das Bad mit ihm und seinem grünen, zahmen Leguan Theo, die Küche mit ihm und dem Kakadu Ernst-August geteilt. Es war ein chaotischer Haushalt, es war eine chaotische Zeit gewesen, und wir hatten uns, glaube ich, sogar ein bisschen geliebt. Aber ich bin wegen des Chaos dann doch eines Tages ausgezogen, nur um zu merken, dass mich diese Zeit mit Albert auf ewig für bürgerliche Lebensumstände mit Schrankwand, Sitzgruppe, Auslegeware, Ordnung, Sauberkeit und Frische verdorben hatte. Ich war in all dem Durcheinander sehr glücklich gewesen, aber das habe ich erst hinterher gemerkt.

Walter liebte die Ordnung, vor allem auf seinem Schreibtisch und in der Küche war sie ihm unerlässlich. Albert gegenüber war Walter freundlich, auch nicht nachträglich eifersüchtig, aber doch etwas reserviert. Albert, behauptete er, unterstütze meine fatale Neigung zu überbordender Phantasie, zu Leichtlebigkeit und Durcheinander in Haus und Kopf, und er kam nicht darüber hinweg, dass Albert mir nie die zweitausend Mark zurückgegeben hatte, die ich ihm – noch vor dem Zusammenleben mit Walter! – geliehen hatte. Dabei war es mein Geld gewesen, nicht seines, und ich mochte Albert nicht daran erinnern, denn er war mit mir immer großzügig gewesen und es hatte oft genug schon zum Frühstück Champagner und statt Mittagessen teure Trüffeltorte gegeben, und er hatte immer alles bezahlt. Also konnte ich ihm aus einer momentanen Notlage sehr wohl auch einmal heraushelfen, ohne das Geld gleich wieder einzuklagen. Für Walter waren das so genannte undurchsichtige Verhältnisse, und als er mich einmal an einem leichtsinnigen Abend gefragt hatte, ob wir nicht heiraten sollten, hatte ich schaudernd gedacht:

Das wären dann durchsichtige Verhältnisse! und hatte NEIN gesagt. Seitdem hatten wir darüber nie wieder gesprochen.

Albert sah ich nur selten, wir telefonierten manchmal, und nun hatte er also angerufen, mitten in der Nacht. Es war völlig klar: Er brauchte uns, mich, er war in Not.

«Er ist krank», sagte ich, «er musste unbedingt auf diesen Zug, aber er ist krank. Er hat Schmerzen, Fieber, ihm ist schlecht. Er braucht Aspirin. Er braucht heißen Tee, er braucht ein Antibiotikum, er braucht Halspastillen und Hustensaft.»

«Grundguter Himmel», sagte Walter, «mach doch nicht so ein Theater. Krank! Was der braucht, ist wahrscheinlich Geld. Er wird in Paris alles rausgehauen haben und sitzt jetzt pleite im Zug und kann morgen früh nicht mal das Taxi zahlen. Der braucht Geld, sonst braucht der gar nichts.»

Ich zog es vor, darauf lieber nicht zu antworten, und band mir die Kugel vom Bein. Schluss mit Panzerknacker, jetzt war Fürsorge gefragt.

«Zahnschmerzen», sagte ich, «er hat vielleicht Zahnschmerzen und braucht Zahnschmerztabletten, nach denen man schlafen kann, Dolomo Nacht, die blauen.»

Albert hatte ein prächtiges Gebiss, aber man weiß ja nie, und Walters Zähne bröckelten täglich schmerzhaft vor sich hin, Zahnschmerztabletten hatten wir immer im Haus, also, warum nicht, vorsichtshalber? Ich begann eine Tasche zu packen. Aspirin, Hustensaft, Dolomo, ich kochte Tee und füllte ihn in die Thermoskanne, und eine Wärmflasche präparierte ich auch. Walter saß im Bärenkostüm, allerdings jetzt ohne Kopf, am Tisch und sah mir zu.

«Sonst noch was», sagte er verächtlich.

«Ich war mal in einem Zug ohne Heizung, von Bonn bis Wien», sagte ich, «das ist furchtbar, man friert sich tot. Vielleicht ist keine Heizung in seinem Zug», und aus Trotz holte ich noch die blaue Wolldecke, die Walter besonders gern mochte. Er kniff die Lippen zusammen und sagte nichts.

Ich plünderte den Apothekenschrank im Bad und legte Hansaplast und Wundsalbe in die Tasche, nur die Tabletten gegen Menstruationsschmerzen ließ ich liegen.

Der Hund steckte seine Nase in die Tasche, wedelte mit dem Schwanz und freute sich darüber, dass es nun wohl bald auf Reisen ging. Er sah das Leben immer eins zu eins, und er nahm alles, was sich ereignete, als günstige Wendung für sein

Hundeleben an. Es war ein sehr törichter Hund, aber ich liebte ihn nun mal. Er hieß eigentlich Purzel, aber Walter nannte ihn Kuno und versuchte, ihm «Sitz! Platz! Fuß!» beizubringen, bis jetzt aber vergeblich. Ich hatte Purzelchen aus dem Tierheim geholt, als ich noch allein war, und Walter konnte sich zuerst ein Leben mit einem Tier gar nicht vorstellen. Aber dann sah er in ihm eine Aufgabe und fand, ein Hund müsse in erster Linie mal parieren. Der Meinung war ich gar nicht, ich dachte, ein Hund müsste in erster Linie dafür sorgen, dass Pfotentapsen auf allzu ordentliche Teppiche und Haare auf keimfreie Sofas kämen und dass Post und Schuhe ein bisschen angeknabbert würden. Aber das sagte ich natürlich nicht.

Albert war Antiquitätenhändler, immer unterwegs nach schönen Dingen für seinen Schwabinger Laden. Vielleicht hatte er sich an einem alten Möbel verletzt, geklemmt, geschnitten – er brauchte Schmerztabletten aller Art, Mullbinden, Watte, Jod, reinen Alkohol. Wir waren gut ausgestattet.

«Vielleicht gibt es in dem Zug nichts zu essen», überlegte ich und schmierte vier dicke Butterbrote und belegte sie mit Salami und Käse. Walter nahm sich ein Salamibrot und biss hinein. «Ich habe auch Hunger», sagte er mürrisch, «falls das irgendwen interessiert.»

Dem Hund tropfte der Speichel aus dem Maul auf den Küchenboden, bis mir ein Stück Salami wie zufällig aus der Hand rutschte und ihn glücklich machte. Walter verkniff es sich zu sagen: «Der Hund soll am Tisch nicht gefüttert werden!», und ich rechnete ihm das irgendwie als Pluspunkt an. Pluspunkte, fand ich, brauchte er jetzt dringend. Ich wickelte die Brote gut ein, legte das, was wir an Äpfeln, Schokolade, Mandarinen hatten, noch dazu. Die Tasche war fast voll. Wir hatten noch knappe zwanzig Minuten Zeit, und ich dachte nach.

«Vielleicht will er dir ja endlich die zweitausend Mark zurückgeben», sagte Walter. Ich antwortete darauf nicht, ging suchend durch die Wohnung und packte aktuelle Zeitungen, ein spannendes Buch, Zigaretten, Streichhölzer in die Tasche.

Was konnte ein Mann, der nachts in Not anrief, noch brauchen? Ich stattete den kleinen Kassettenrecorder mit frischen Batterien aus, legte die Kopfhörer dazu und ein paar Kassetten mit Mozart, Bach und Deep Purple, Smoke on the water and fire in the sky, und Walter sagte: «Das siehst du alles nie wieder.»

Um Viertel vor zwei war ich gerüstet. Ich ging noch einmal alles durch, was ich eingepackt hatte, und siehe, es war gut.

«Was ist», fragte ich Walter, «gehst du mit oder nicht?»

Mit dieser Entscheidung hatte er schon die ganze Zeit gekämpft. Einerseits hatte er überhaupt keine Lust, in der kalten Nacht noch zum Bahnhof zu fahren. Andererseits wollte er mich so allein auch nicht ziehen lassen, und wer garantierte denn, dass ich nicht in den Zug stieg und …

«Der Hund muss sowieso nochmal raus», sagte er, stand auf und nahm die Leine.

Kuno-Purzel tobte übermütig herum und freute sich, ich nahm die prallvolle Tasche und zog den Mantel über mein Sträflingskostüm.

«Dann los», sagte ich. Wir schlossen die Wohnung ab, der Hund sprang glücklich vor uns her die Treppe hinunter und hüpfte ins eiskalte Auto, und dann fuhren wir zum Bahnhof, der Hund, der Bär und der Sträfling, in bitterer Kälte, bepackt mit einer Tasche, die alles enthielt, was ein einsamer Mann in einem nächtlichen Zug eventuell brauchen konnte. Sogar eine Flasche Bordeaux und unseren einzigen Korkenzieher hatte ich hinter Walters Rücken noch rasch dazugeschmuggelt.

Der Zug war pünktlich. Frierend sahen wir ihn einfahren, zitternd vor Kälte und vor Spannung. Ich stand da mit der Tasche, Walter hielt den Hund, befahl: «Sitz!» und knurrte: «Wenigstens ist er pünktlich, mal was Neues!», so als würde Albert den Zug persönlich fahren und selbst für den Fahrplan verantwortlich sein.

Der Orientexpress kam mit kreischenden Bremsen um zwei Uhr drei zum Stehen. Außer uns war niemand zu dieser Stunde auf dem Bahnsteig. Ein Mann stieg aus. Die meisten Fenster waren dunkel. Walter überblickte die rechte, ich die linke Seite.

«Da», sagte er und deutete mit dem Kinn zu einer offenen Tür, und ich rannte los.

Albert stand in einem nachtblauen Morgenrock mit Sternenmuster in der Tür seines Schlafwagens und winkte. Ich lief auf ihn zu, umarmte ihn, er war warm, roch verschlafen und so gut wie damals, und er lachte. Er sah nicht aus wie jemand, der in einem eiskalten Zug mit zerquetschten Fingern zahnschmerzkrank verhungert, verdurstet und erfriert.

Der Hund sprang an ihm hoch und leckte ihm die Hände ab, und Albert sah uns entgeistert an und zeigte auf Walters Bärenkostüm.

«Wie seht ihr denn aus?», fragte er, und Walter sagte: «Es ist Karneval, wie du vielleicht gehört hast.»

«Aber so viel Verkleidung nur meinetwegen, das war doch gar nicht nötig», sagte Albert, und ich drängte ihm die Tasche auf. «Nimm! Es ist alles drin, Tee, Tabletten, Geld, Wärmflasche», und Walter sagte kurz und scharf: «Ach, Geld auch?»

Ich überging das und ärgerte mich, dass ich mich verplappert hatte, denn natürlich hatte ich noch schnell hundert Mark zwischen die Butterbrote geschoben, als Walter nicht aufgepasst hatte. «Was ist los, Albert», fragte ich, «warum hast du angerufen?»

«Nichts ist los», sagte Albert, «ich hab dem Schlafwagenschaffner zwanzig Mark gegeben, damit er mich weckt. Ich hab dir aus Paris etwas mitgebracht, das wollte ich dir persönlich geben. Man kann so was nicht schicken, ich muss unbedingt sehen, wie du guckst.»

Und aus seiner Morgenrocktasche zog er einen winzigen Gegenstand. Es war eine kleine Skulptur aus bemalter Bronze, zwölf Zentimeter lang und drei Zentimeter hoch, wie ich heute weiß, denn ich habe nachgemessen. Sie stellte zwei Hunde dar, die in einem Boot saßen und ruderten. Die Hunde hatten kleine eckige Köpfe mit etwas abstehenden Schlappohren. Sie waren gleich groß, beide weißbraun gefleckt, und sie saßen, die Ruder in den Pfoten, hintereinander auf den kleinen Ruderbänken, von denen ihre Stummelschwänzchen abstanden. Der vordere Hund sah arglos aus, aber der hintere schaute dem vorderen starr und eindeutig böse in den Nacken.

«Das», sagte Albert, «habe ich in Paris gefunden. Ist das nicht unglaublich? Der vorne heißt Fritz, der hinten Heinz. Wenn ihr genau hinguckt, seht ihr, dass Fritz mit der Frau von Heinz was hat, aber er denkt, Heinz wüsste es nicht. Heinz weiß es aber doch, und irgendwie passiert da bald was.»

Der Stationsvorsteher pfiff. Albert zog fröstelnd den Morgenrock zusammen, ich hielt die Tasche hoch und fragte: «Brauchst du denn gar nichts? Butterbrote? Musik? Wein?» Albert winkte ab, lachte, sah mich an. Ich stand da mit den rudernden Hunden in meiner Hand und konnte mich nicht satt sehen.

«Ich wusste es», sagte Albert zufrieden, tätschelte noch einmal Kunos Kopf, sagte «Adieu, Purzelchen!» und schlug dann die Tür zu. Er grinste hinter der Scheibe. Walter rief: «Er heißt Kuno!», und Albert winkte ab und nickte, jaja, Kuno.

Der Orientexpress fuhr ab. Ich sah auf Heinz und Fritz und sagte: «Gleich brennt er ihm allein mit Blicken ein Loch in den Hals.»

«Albern», sagte Walter. «Dafür lässt er uns antanzen, mitten in der Nacht.»

Wir fuhren nach Hause, tranken noch ein Glas Bordeaux, und Heinz und Fritz standen vor uns auf dem Tisch. Sie ruderten. Noch. Aber ich wusste, dass der Tag kommen würde, an dem Heinz dem vorn sitzenden Fritz mit dem Ruder eins drüberziehen würde. Den Tag wollte ich nicht verpassen. Bronze, wir wissen es, kann schmelzen. Man muss nur Geduld haben.

Walter hat inzwischen geheiratet und bringt seinem Sohn vielleicht «Sitz! Platz! Fuß!» bei, wer weiß. Purzelchen ist bei mir geblieben und schläft in meinem Bett, am Fußende. Auf dem Nachttisch stehen Heinz und Fritz, und manchmal ruft Albert an und fragt: «Na, ist schon was passiert?»

«Abwarten», sage ich dann, «noch rudern sie.»

Herr Löhlein

Das ist Herr Löhlein», sagte meine Mutter und zeigte auf einen alten Herrn, der sich mit einer Mischung aus Zackigkeit und Eleganz, die eine Rücksichtnahme auf ein empfindliches Kreuz nicht verhehlen konnte, aus dem rosafarbenen Sofa erhob.

Rosa war nach dem Tod meines Vaters die bevorzugte Farbe im Leben meiner Mutter geworden. Rosa Sofa, rosa Sessel, rosa Zierkissen. Rosa Topflappen, rosafarbene Badezimmerteppiche, rosa Handtücher sowieso. Sie wollte nach der dreißigjährigen, nicht immer glücklichen Ehe und nach dem langen Sterben meines Vaters wieder ein junges Mädchen sein, das unschuldige junge Ding von damals, das wohl behütet aufgewachsen die Geheimnisse des Lebens noch vor sich hatte. Und doch entkam sie in ihrer rosafarbenen Welt nicht der Realität des Alters, das mit kleinen Gebrechen und dem Wegsterben der

Freunde und Bekannten erbarmungslos war. Neben den neu gerahmten Bildern aus ihrer Kindheit und Jugend vergilbte und verstaubte das Bild meines Vaters auf der Anrichte.

«Löhlein mein Name. Angenehm. Sie sind sicher der Herr Sohn. Ihre Frau Mutter hat mir schon viel von Ihnen erzählt.»

Da stand er, leicht eingeknickt, vom Couchtisch mit dem rosa Zierdeckchen am Geradestehen gehindert. Er trug eine hellblaue Hose mit perfekter Bügelfalte, ein weißes Hemd, einen dunkelblauen Blazer mit goldfarbenen Knöpfen und eine Fliege, auf der – ich hätte es nicht erfinden können – Fliegen abgebildet waren, Stubenfliegen. Er hatte die schlanke Figur meines Vaters, einen gepflegten, kurz über den Lippen gestutzten Schnauzer, darüber eine markante Nase, grauweiße Haare, sodass mich seine ganze Erscheinung an Hans Albers erinnerte, der ein Idol meiner Mutter gewesen war. Eine stattliche Erscheinung, braun gebrannt, drahtig, altersfroh irgendwie, aber auch leichtfüßig, leichtgewichtig, einen Hauch windig. Erfüllte sich da für sie der Jungmädchentraum im Auftauchen eines alten Hans Albers? Zu schön, dachte ich.

«Ich bin Karl», sagte ich und gab ihm die Hand.

«Das weiß ich, junger Mann!»

Ich war damals achtundvierzig und fand es in Ordnung, dass der etwa Achtzigjährige mich *junger Mann* nannte.

«Das ist Luisa, meine Frau», sagte ich.

Er trat behände einen Schritt beiseite, um den ihn behindernden Couchtisch zu umgehen, stand dann kerzengerade, fast steif da und gab Luisa einen perfekten Handkuss.

«Meine Verehrung, Madame», sagte er.

«Madame!», flötete meine Mutter, ihre Unsicherheit überspielend. Ich merkte, dass sie diese Situation gerne vermieden hätte. Doch wir waren über eine Stunde zu früh gekommen, hatten sie überrascht, ehe sie ihren neuen Freund, oder was auch immer er war, hatte loswerden können.

«Madame, das haben Sie zu mir noch nie gesagt, Herr Löhlein!»

Er lächelte fahrig, überging ansonsten ihren Einwurf und machte sich daran aufzubrechen.

«Setzen Sie sich doch, Herr Löhlein.»

«Nein, nein, danke, aber –»

«Ich mache uns Tee!»

«Ich muss –»

«Das ist Luisa, meine Schwiegertochter», sagte meine Mutter überflüssigerweise.

«Oh –», sagte er.

Er hatte sich nach kurzer Unsicherheit wieder gefangen und wollte uns zeigen, wie sehr er bereits dazugehörte.

«Oh, die Familienverhältnisse sind mir ja durchaus bekannt. Ich muss gehen. Schön, Sie kennen gelernt zu haben, so hat man doch die Personen zu den Geschichten, nicht wahr.»

Er gab mir einen kräftigen Händedruck, Luisa noch einen Handkuss und ging. Die Verabschiedung von meiner Mutter sahen wir nicht, denn sie fand im Flur statt. Ich merkte aber, dass sie froh war, ihn jetzt loszuwerden, dass ihre Einladung, zu bleiben, nur Höflichkeit gewesen war. Und auch er, da war ich mir sicher, war erleichtert.

Mit roten Aufgeregtheitsbäckchen kam sie zurück und entzog sich unseren fragenden Blicken sofort in die Küche, wo sie umständlich und laut klappernd Tee kochte.

Wir machten es uns in den Sesseln bequem, suchten flink und vergeblich den Raum nach Veränderungen ab, schauten uns an und mussten kichern, denn wir dachten beide dasselbe.

«Ein Löhlein macht noch keinen Brümmer», flüsterte Luisa.

Da war es wieder, dieses Weißt-du-noch-Gefühl, das Menschen immer wieder haben, die sehr lange zusammen sind.

Es war in den frühen sechziger Jahren. Wir studierten beide in Berlin, waren frisch verliebt und übermütig und noch von den politischen Ereignissen verschont geblieben. Luisa wohnte in der Löhleinstraße und ich gleich um die Ecke in der Brümmerstraße. Und mit Löhlein und Brümmer trieben wir unseren Unfug, der nicht selten schlüpfrig war, uns aber jedenfalls prächtig bei Laune hielt und zu unserem Alltag gehörte. Wochenlang sagten wir Sprichwörter vor uns hin, die anderen Rätsel waren. Der Brümmer geht so lange zum Löhlein, bis er bricht. Ein Löhlein und ein Brümmer, die waren beide mein. Wer den Brümmer nicht ehrt, ist das Löhlein nicht wert. Lieber den Brümmer in der Hand als das Löhlein auf dem Dach. Was Löhlein nicht lernt, lernt Brümmer nimmermehr. Und so fort.

«Wer ist Herr Löhlein?», fragte ich mit der leichten Strenge, die ich mir angewöhnt hatte, seit meine Mutter versuchte, bei jeder Gelegenheit meinen Vater postum in einem Maße zu kritisieren, dass man annehmen musste, er sei der größte Irrtum ihres Lebens gewesen.

Sie setzte das Tablett ab, verteilte zusammen

mit Luisa Teller, Tassen und Besteck, zündete ein Teelicht an und antwortete erst, als auch sie saß und wir alle Tee in den Tassen hatten.

«Ein feiner Mann.»

Dann schwieg sie, als wollte sie das Thema damit erledigt wissen. Luisa, in solchen Dingen liebevoller – nun, es war auch nicht ihre Mutter – oder auch listiger als ich, spann den Faden geschickt weiter.

«Das sieht man», sagte sie und machte so der Mutter Mut.

Sie hatte ihn im Club der Berliner kennen gelernt. Er war Hamburger, war nach seiner Pensionierung mit seiner Frau, einer Berlinerin, ins Kurbad gezogen, wie meine Mutter nach dem Tode meines Vaters auch, um dort den so genannten Lebensabend zu verbringen. Seine Frau war ziemlich bald gestorben, und er lebte allein in der kleinen Wohnung. Im Gegensatz zu anderen Männern, so stellte mein Mutter fest, verwahrloste er nach dem Tod seiner Frau nicht, im Gegenteil, er war immer gepflegt und angenehm, ein Lichtblick aller Veranstaltungen des Vereins, ein charmanter Unterhalter, ein guter und fleißiger Tänzer, ein Mann, um dessen Gesellschaft oder gar Freundschaft sich, wie meine Mutter mit gewissem Erobererstolz erzählte, die vielen allein stehenden Damen durchaus rissen.

Luisa verstand es immer wieder, durch geschickte Fragen den Redefluss meiner Mutter weitersprudeln zu lassen. So entstand das Bild eines Mannes, der jetzt im hohen Alter die Früchte eines von Fleiß und Vernunft bestimmten Lebens ernten durfte. Er stammte aus gutem Hause, die Eltern waren Kaufleute, und auch er, der einzige Sohn übrigens, war in die Fußstapfen seiner Vorfahren getreten und hatte die väterliche Firma – im Kolonialwarensektor, wie er sich wohl ausgedrückt hat – zu einer Blüte gebracht, in der sie auch jetzt noch, da ein Neffe die Geschäfte führe, erstrahle. Selbstverständlich, so betonte meine Mutter voller Bewunderung, verfüge Herr Löhlein heute über eine stattliche Rente, die es ihm erlaube, größere Sprünge als andere zu tun. So sei er auch bei gemeinsamen Unternehmungen, ob es nun um Essenseinladungen gehe oder um Theater- oder Konzertkarten, von einer edlen Großzügigkeit, worunter man sich aber um Gottes willen nichts Falsches vorstellen dürfe, was ihre Person betreffe. Da kenne sie durchaus die Grenzen des Anstands.

Überflüssig zu erwähnen, dass Herr Löhlein

natürlich sein Leben lang nicht geraucht hat, dem Alkohol sparsam zugetan war und auch noch in seinem hohen Alter auf einen gesunden Lebenswandel achtete. Zu betonen, dass er ein Mann von feinsten Manieren war und stets wusste, was sich gehörte, war meiner Mutter mehrfach wichtig.

Luisa schaute mich immer besorgter an, denn sie ahnte, was in mir vorging: Ich spürte, dass wieder einmal, diesmal auf ganz subtile Weise, mit meinem Vater abgerechnet wurde, denn er war das Gegenteil von allem gewesen, was über diese neue Eroberung zu erzählen und an ihr zu loben war. Er kam aus einfachen Verhältnissen, war uncharmant und eckig, trank und rauchte sich seine Gesundheit zunichte, hatte nichts Vernünftiges gelernt, war ein lausiger Geschäftsmann und hatte meiner Mutter nur Schulden und eine so kleine Rente hinterlassen, dass sie auf Zuwendungen von uns angewiesen war. Dass ich meinen Vater mehr geliebt habe als meine Mutter, das stand immer zwischen ihr und mir. Und sie ließ auch keine Gelegenheit aus zu betonen, dass ich meinem Vater doch in allem ähnlich sei.

Mir wurde es unbehaglich. Ich wollte plötzlich nichts mehr von diesem Hans-Albers-Verschnitt hören. Ich begann ihn schon dafür zu hassen, dass er meiner in diesen Dingen doch so prüden und verklemmten Mutter den Hof zu machen schien.

«So, dann krieg ich jetzt also einen neuen Papa», sagte ich, um bewusst das Thema zu beenden, worauf meine Mutter ein trotziges Gesicht machte, die Tasse hart absetzte, das Teelicht ausblies, aufstand und begann, den Tisch abzuräumen.

«Wenn man euch mal was erzählt.»

Dann verstummte sie beleidigt.

Bald darauf gingen wir.

Im Auto bekam ich Streit mit Luisa, die mir klar machte, dass ich doch froh darüber sein sollte, dass meine Mutter so einen Galan – ja, sie sagte Galan – hätte, der würde doch gerade mich, der ich mich nur ungern um meine Mutter kümmerte, wunderbar entlasten. Ganz zu schweigen davon, wie begrüßenswert es doch wäre, dass sie sich noch einmal quasi verliebt habe.

«Du glaubst –?»

«Wie auch immer. Er ist ihr wichtig. Er tut ihr gut.»

«Glaubst du, da läuft was?»

«Nein – sicher nicht – sie siezen sich ja noch – aber vielleicht nur vor uns.»

Meine Mutter, die froh war, als ihr Mann *das* – wie sie es einmal ausgedrückt hat – *nicht mehr verlangte,* würde sicher nicht mit siebzig mit einem achtzigjährigen Hans Albers ein Verhältnis anfangen. Nein, das wird schon im Bereich des galanten Verehrers und Freundes verharren müssen.

«Da kann man sich auch verdammt irren, denk mal an Hildchen», sagte Luisa.

Hildchen, die Mutter meines Freundes Urs, war natürlich ein ganz anderes Kaliber als meine Mutter. Hildchen, die sich selbst so nannte, hatte schon drei Männer unter die Erde gebracht. Immer wieder hatte sie einen geheiratet, der älter und gebrechlicher war als sie, aber Geld hatte. Irgendwann starben diese Männer, und Hildchen war wieder etwas reicher. Vor einiger Zeit saß sie – damals etwa siebzig Jahre alt – mit Alfons, ihrem vierten Mann, bei ihrem Sohn in der Küche. Wir waren auch da, es war ein lustiger Abend. Alfons, den sie Fonsi nannte, sicher um die achtzig, ein gemütlicher, leicht einfältiger Bayer, fraß ihr aus der Hand, war stolz auf sie und pries immer wieder sein spätes Glück mit ihr. Und irgendwann an diesem bierseligen Abend fiel der Satz, der uns erstarren ließ, den Fonsi aber Gott sei Dank nicht verstand.

«Wenn einer von uns beiden stirbt», sagte sie, «dann ziehe ich nach Sylt.»

Fonsi lächelte sie glücklich an und streichelte ihre Hand.

In den Wochen nach dem Kennenlernen erfuhr ich wenig über Herrn Löhlein. Ich fragte nicht nach ihm, wenn ich mit meiner Mutter telefonierte, und sie erwähnte ihn nicht. Was ich erfuhr, kam von Luisa, der die Mutter sozusagen von Frau zu Frau erzählte.

Herr Löhlein war Lebensmittelpunkt für meine Mutter geworden. Man sah sich fast täglich, entweder bei ihr zum Tee oder im Café. Man blieb beim Sie, und man machte Tagesreisen mit Bahn oder Bus, manchmal auch mit seinem Auto. Man ging in Konzerte, ins Theater, zu Verkaufsveranstaltungen, wie sie meine Mutter liebte, und zweimal passierte, was zuvor undenkbar gewesen wäre: Ich wollte meine Mutter besuchen, aber sie hatte keine Zeit für mich, sozusagen keinen Termin für mich frei.

So vergingen drei Monate. Eines Tages sagte Luisa:

«Irgendwas stimmt nicht, sie hat am Telefon kein Wort von Löhlein gesagt. Ich glaube, es ist aus.»

Am Wochenende fuhren wir hin. Wir hatten uns ein Arrangement ausgedacht. Nach dem Tee würde ich verschwinden, um noch einen alten Freund zu treffen, sodass Mutter Gelegenheit hätte, sich bei Luisa, zu der sie Vertrauen hatte, auszusprechen.

Es war eine seltsam anmutende Teestunde. Mutter erzählte von einer Theateraufführung im Club der Berliner, erregte sich über eine lokalpolitische Posse, den Bau eines teuren Festspielhauses, und sagte, ich glaubte, nicht richtig zu hören:

«Ja, wenn dein Vater noch lebte, der würde ihnen was erzählen! Das konnte er. Der hat sich nichts gefallen lassen! Der hätte sofort eine Bürgerinitiative gegründet – wie damals gegen den Flughafen.»

Ich liebte sie für diese wenigen Sätze, mit denen sie zum ersten Mal seit dem Tod meines Vaters so etwas wie Anerkennung für ihn ausdrückte.

«Und Herr Löhlein», sagte ich nach einer Pause, «wehrt der sich nicht?»

Sie versteinerte und sagte nur knapp:

«Ich möchte nicht, dass dieser Name in diesem Hause noch einmal genannt wird!»

Dann schwiegen wir, und ich verabschiedete mich.

Luisa holte mich bei meinem Freund ab.

Kaum saßen wir im Auto, fragte ich:

«Und, was ist mit Herrn Löhlein?»

Luisa lächelte wehmütig und erzählte mir, dass Herr Löhlein eines Abends, als er die Mutter wieder einmal nach dem Theater nach Hause gebracht hatte, nicht an der Tür nach einem Handkuss gehen wollte. Er habe gezögert, habe sie im Gesicht und am Hals gestreichelt und ihre Hände genommen, und sie habe ihn gefragt, was ihm denn einfalle, ob etwas mit ihm nicht in Ordnung sei. Da habe er gesagt:

«Kater sucht Kätzchen.»

Ich musste lachen.

«Ohgott, das meiner Mutter!»

Daraufhin, erzählte Luisa weiter, habe sie ihn weggeschickt und jeden Kontakt zu ihm abgebrochen. Sie wollte von diesem Mann nichts mehr hören. Es sei schlimm genug, ihn sehen zu müssen.

Wir schwiegen.

«Brümmer sucht Löhlein», sagte ich.

Aber wir konnten beide nicht darüber lachen.

Frau Janowiak, Frau Janowiak, ich kann Sie sehen!

Der Elektriker ist wieder weg. Er muss denken, dass ich verrückt bin. Ich habe ihm ein viel zu großes Trinkgeld gegeben, und er hat mich angesehen mit diesem prüfenden, besorgten Blick, mit dem man auf quengelnde Kinder, debile Alte oder eben durchgedrehte Frauen schaut. Aber er hat die Lampe repariert und dabei die Spinne an ihrem Platz gelassen und ihr fein gewebtes Netz zwischen Lampenkabel und Zimmerdecke nicht zerstört.

Als er auf die Leiter stieg und ich zu ihm hochsah, ließ sie sich gerade an einem Faden herunter. In diesem Augenblick passierte irgendetwas in mir, das ich nicht erklären kann – eine Explosion aus Erinnerungen und Gefühlen, und ich stürzte auf die Leiter zu, breitete die Arme aus und rief: «Meine Mutter, meine Mutter!»

Er war abrupt auf der dritten Sprosse stehen geblieben und hatte mich entgeistert angestarrt.

Was hätte ich ihm erklären können? Die Tränen standen mir in den Augen, ich konnte gar nichts sagen, nichts erklären, schon gar nicht diesem wildfremden Elektriker.

«Meine Mutter!», sagte ich stattdessen nur noch einmal leise, und um überhaupt noch irgendwas zu retten, fügte ich hinzu: «Meine Mutter hat früher so was immer repariert – aber sie ist tot.» Und dann zeigte ich auf die Spinne und ihr zartes kleines Netz: «Bitte», sagte ich, «machen Sie das nicht kaputt!»

Er nickte, kletterte weiter hoch, schraubte die Lampe mit der zerborstenen Birne und der defekten Fassung aus der Decke und kam wieder herunter von der Leiter. Er setzte sich an meinen Küchentisch und nahm die Lampe auseinander, nachdem er noch einen raschen, besorgten Blick auf mich geworfen hatte.

Ich wusch den verschmierten Lampenschirm mit dem Spülschwamm unter fließendem warmem Wasser sauber. Er entfernte die Scherben der geplatzten Glühbirne aus der alten Fassung, setzte eine neue Fassung, eine neue Birne ein, nahm den Schirm, nachdem ich ihn sorgfältig abgetrocknet hatte, und schraubte das Ganze wieder zusammen.

Es gab keinen Mann in meinem Leben, der eine so einfache Reparatur für mich hätte machen können. Ich war zu ungeschickt und zu ängstlich dazu, und meine Mutter, die sich energisch an alles gewagt hatte, war seit einem halben Jahr tot und fehlte mir entsetzlich. Wie verloren, wurzellos ging ich umher und suchte sie auf dem Weg zum Bäcker, zum Supermarkt, zur Post, hoffte bei der Rückkehr in diese für mich allein so große und stille Wohnung, sie würde doch plötzlich wieder da sein und ich würde sie an der Nähmaschine, am Klavier, mit dem Staubsauger hören, wenn ich heimkäme. Es blieb still, sie war verschwunden. Wohin? Wohin gehen die Toten, wenn sie uns verlassen? Wir sind auf ihr plötzliches und so endgültiges Verschwinden niemals richtig vorbereitet. Aber jetzt, während ich diesem Mann zusah, der die Lampe wieder an der Decke befestigte, jetzt hatte ich zum ersten Mal das Gefühl: Sie ist da, sie ist in meiner Nähe, sie schaut auf mich, hier, in unserer Küche.

«Vorsicht!», sagte ich zu dem Elektriker, als er sich an der Zimmerdecke zu schaffen machte, und: «Ich weiß schon», nickte er und schraubte, und ich sah sehr wohl, dass er zu dem Spinnennetz schaute und es gern mit einer einfachen Bewegung seines Schraubenziehers weggewischt hätte. Er tat es nicht.

Er war fertig und kam die Leiter wieder herunter. Keine zehn Minuten hatte er für all das gebraucht, und nun kippte er die Sicherung wieder zurück, drückte auf den Schalter, und die Lampe brannte. «Brennt», sagte er überflüssigerweise und sah mich an, wie man eben eine Frau ansieht, die plötzlich aus heiterem Himmel «Meine Mutter! Meine Mutter!» schreit und die ein Spinnennetz nicht wegwischt, wie es doch jede gute Hausfrau täte, und die also allem Anschein nach eben das nicht ist, eine normale gute Hausfrau. Immer war ja auch Mutter die Hausfrau gewesen, immer hatte sie alles geordnet, geplant, organisiert, ich war das Kind, bis zuletzt, bis zu ihrem Tod, und da war ich vierzig Jahre alt.

«Kind», hatte sie in einem ihrer letzten klaren Augenblicke gesagt und meine Hand gehalten, «Kind, wenn du nur zurecht kommst ohne mich! Denk immer dran, ich bin nicht wirklich weg von dir. Das sieht nur so aus. Ich bin immer da, ich sehe dich, und irgendwann wirst du mich auch sehen und wirst wissen, dass ich es bin.»

Wenn das so einfach wäre – bis jetzt hatte ich sie nicht nur nie mehr gesehen, ich hatte nicht einmal in irgendeiner Form ihre Nähe gefühlt, in dieser Wohnung nicht, auf unseren gemeinsamen Wegen nicht, die ich nun allein ging, erst recht nicht an ihrem Grab, in dem sie unter Rosen und Lavendel lag. «Gib ein Zeichen!», hatte ich schon manchmal geflüstert, aber es gab kein Zeichen, nichts. Ich war allein, das verlassene Kind, sie, die mein ganzes Leben so sehr bestimmt, beschützt, bewacht und geregelt hatte, sie war nicht mehr da. Immer war ich schüchtern gewesen, furchtsam, von heftigen Angstphantasien heimgesucht, glücklich nur in der Welt meiner Bücher, und wenn ich daraus auftauchte – auch später in meinem Beruf als Bibliothekarin in der Stadtbücherei –, dann hatte Mutter immer schon alles aufgeräumt, hatte gekocht, den Tisch schön gedeckt, meine Wäsche gewaschen und gebügelt, und sie strahlte mich an und sagte: «Komm, Kind, leg deine Brille weg, jetzt machen wir es uns richtig gemütlich.»

Ein Mal hatte ich versucht, einen Mann etwas näher kennen zu lernen, der immer so viele Bücher in der Bibliothek entlieh, dass er mir schon dadurch sympathisch geworden war. Er hieß Hermann Westermann, und ich fand es nicht einfallsreich, dass seine Eltern, wenn sie schon Westermann hießen, dem Vornamen auch noch ein -mann hatten angedeihen lassen, Hermann Westermann, der doppelte Mann sozusagen. Er war alles andere als männlich. Zwar war er groß, aber sehr weich, wie knochenlos, rosafarben, und er trug Brillen mit Gläsern wie Flaschenböden so dick. Es hatte lange gebraucht, bis er auf meine freundlichen Ansprachen auch einmal entsprechend reagieren konnte, über und über errötend. Er lieh sich nur Tierbücher aus – Sachbücher, Kinderbücher, Romane, alles handelte von Tieren, und es schien gleichgültig zu sein, ob er das Leben der Eisbären in Alaska, eine Abhandlung über Katzen als Grabbeigaben im alten Ägypten, eine Kulturgeschichte des Weißkopfadlers oder ein lustiges Kinderbuch über ein zahmes Eichhörnchen namens Anton auslieh – alles schien ihm zu gefallen, und ich lud ihn eines Tages ein, meine tierliebe Mutter und mich zu Hause auf einen Tee zu besuchen.

Er war tatsächlich gekommen, aber die Unterhaltung während des Tees war stockend und zögerlich verlaufen. Meine Mutter, die Kuchen gebacken hatte, wollte unbedingt, dass Hermann Westermann sich zu einer bestimmten Tierart vorrangig bekannte. «Sie können nicht alle Kreaturen gleich lieben», sagte sie, «es führt, wenn Sie mich fragen, kein Weg von der Liebe zum Zierfisch bis zur Verehrung des genügsamen Dromedars.» Er fragte sie aber nicht, blieb einsilbig und verließ uns früh. Ich war noch einmal mit ihm ins Kino gegangen, in den Film «Die Wüste lebt» von Walt Disney, aber er hatte im Dunkeln nicht nach meiner Hand gegriffen, und vielleicht war das auch besser so. Ich war, so schien mir, für die Männer nicht gemacht. Schon in der Tanzstunde hatte mich nie jemand recht beachten wollen, aber wenn ich ein wenig deswegen weinte, hatte Mutter mich getröstet und gesagt: «Kind, die Männer sind es alle nicht wert.» Im Laufe der Jahre hatte ich mich an mein männerloses Leben mit Mutter gewöhnt.

Der Elektriker nannte mir einen Preis, der niedriger war als die Kosten für die Anfahrt. Ich rundete großzügig auf, und er sah mich ein letztes Mal besorgt an, ob denn auch alles in Ordnung wäre mit mir, und dann ging er. Ich setzte mich an den Küchentisch und schenkte mir ein Glas Wein ein, am hellen Tag. Und ich dachte an meinen Vater, der schon früh gestorben war, gerade in dem Sommer, als wir in das kleine Haus am Stadtrand umgezogen waren. Ich war damals zehn Jahre alt. Mein Vater war Vertreter für Herrenstoffe gewesen. Mit einem Koffer, den man aufklappen konnte wie ein Schränkchen und in dem auf kleinen Holzstangen Stoffmuster für Herrenanzüge hingen – grau, grau meliert, pepita, blau, dunkelblau, schwarz –, fuhr er über Land und besuchte Herrenschneider und gute Ausstattungsgeschäfte, und er starb, kurz ehe er damit endgültig Pleite ging, denn solche Unternehmen gab es bald nicht mehr, und sie wichen großen Kleiderfabriken. Er war still und gehemmt wie ich, und meine Mutter seufzte immer, wenn sie ihn durch die Gardine von seinen Reisen zurückkommen sah. Früher, als wir noch in der dunklen Dreizimmerwohnung in der Mittelstädter Straße gewohnt hatten, gab es ein Elternschlafzimmer, aus dem nie auch nur ein Laut drang, wenn er daheim war – sie stritten nicht, sie lachten nicht, sie redeten ganz offensichtlich nicht einmal miteinander, wenn sie allein waren.

Gespräche mit meinem Vater gab es nur beim Essen in der Küche, an diesem Tisch, wenn es um meine Schularbeiten, die Zahnspange oder eine notwendige neue Anschaffung ging. Fuhr er dann wieder los auf seine Tour mit seinem seltsamen Musterkoffer, sah ihm meine Mutter vom

Fenster aus nach, schwieg, seufzte und drehte sich dann zu mir um. «So, Kind», sagte sie, «jetzt machen wir es uns wieder gemütlich.»

Und das schaffte sie auch immer wieder, es gemütlich zu machen in dieser wenig schönen, lauten Wohnung an der Mittelstädter Straße, durch die Tag und Nacht der Verkehr rollte. Direkt vor unserer Haustür hielt die Straßenbahn der Linie 6, die vom Ostfriedhof kam und an uns vorbei hinausfuhr ins Grüne, zur Elisenhöhe. Das waren von uns aus noch acht Haltestellen, und sonntags fuhren wir manchmal zur Endstation, Mutter und ich, wenn Vater am Küchentisch saß und seine Abrechnungen machte, und dann gingen wir auf der Elisenhöhe spazieren, durch die schmalen, baumbewachsenen Straßen, vorbei an den hübschen kleinen Häusern mit den netten Vorgärten, und meine Mutter sagte: «Hier werden wir eines Tages auch wohnen, das verspreche ich dir.»

Sie hielt ihre Versprechen immer, und tatsächlich gelang es ihr kurz nach meinem zehnten Geburtstag, eines dieser Häuschen zu mieten. Sie nähte damals viel in Heimarbeit und verdiente auch durch Klavierstunden, die sie gab, so viel zum kläglichen Gehalt meines Vaters dazu, dass wir die Miete für ein kleines Haus in der Akeleistraße zahlen konnten. Es hatte auch einen dieser gepflegten Vorgärten, auf den das große Wohnzimmerfenster – das Blumenfenster – hinausging. Rechts um das Haus herum führte ein Kiesweg in den hinteren Garten und zur Küchentür, deren obere Hälfte aus Glas war. Wenn die Sonne schien, konnte man durch dieses Küchenfenster durch die Küche, ein Stückchen Flur, durchs Wohnzimmer und wieder dort zum Fenster hinaus in den Vorgarten blicken.

Wir waren sehr glücklich in unserm kleinen hellen Haus. Wir, das heißt: Mutter und ich, denn kurz nach dem Umzug war Vater auf einer seiner Reisen gestorben. Ein Herzanfall. Er hatte noch rechts an den Straßenrand fahren können und war dann über dem Steuer seines Autos zusammengesunken – ein graues Auto, grau wie er selbst, sein Leben, seine Musterstoffe. Sie hatten uns angerufen, und Mutter und ich waren in ein Krankenhaus gefahren, wo es nichts mehr zu tun gab. Kurze Zeit später schon hatte Mutter das graue Auto, seine grauen Mäntel, Anzüge und Hüte, ja sogar den Musterkoffer mit den Stoffproben verkauft. Die Hälfte des Doppelbettes verschwand aus dem Schlafzimmer, und es war, als ob es diesen Mann nie gegeben hätte. Heute denke ich oft mit einem wehen Gefühl an ihn und versuche, mich daran zu erinnern, was wohl seine letzten Worte an mich gewesen waren. Auf Wiedersehen? Mach's gut? Also dann? Ich weiß es nicht, und manchmal wünsche ich mir, ich könnte noch einmal mit ihm in der Küche sitzen, jetzt zum Beispiel, hier, bei diesem Glas Wein, und dann würde ich ihn bitten, von sich zu erzählen – vom Krieg, von seinen unerfüllten Träumen, und ob er manchmal an uns, an mich gedacht hat, bei seinen langen Fahrten über die Landstraßen.

Nach der Beerdigung hatte Mutter die Nachbarn und Freunde nicht in ein Restaurant eingeladen, wie es üblich war, sondern alle gebeten, mit zu uns nach Hause zu kommen. Die Linie 6 fuhr ja direkt von der Endhaltestelle Ostfriedhof zur Endhaltestelle Elisenhöhe, an unserer ehemaligen Wohnung und der Wohnung der Nachbarn in der Mittelstädter Straße vorbei, man musste einfach nur noch acht Haltestellen länger sitzen bleiben, und die Nachbarn kannten ja unser Häuschen noch nicht.

Sie kamen alle. Es war ein warmer Tag im Mai, man saß im Garten, und es gab Kaffee und Kuchen, später Schnittchen, Bier und Schnäpse für die Männer. Die Akeleien und die Pfingstrosen blühten, auch noch der Flieder, und Frau Bittner sagte: «Wie haben Sie es doch schön hier, Frau Janowiak!», und Herr Hürzeler sagte: «Frau Janowiak, ich beneide Sie um diesen Garten.» Ich führte die Nachbarn durchs Haus, zeigte mein Zimmer, Mutters Nähzimmer, das sonnendurchflutete kleine Bad und hoffte, sie würden bald wieder alle gehen. Aber sie blieben bis in den Abend hinein, und als sie endlich mit der Linie 6 wieder abfuhren, zog meine Mutter sofort das schwarze Kostüm aus, ein Hauskleid an, räumte Teller, Tassen, Gläser zusammen und sagte: «So, Kind, das war dieses Kapitel. Jetzt machen wir beide es uns richtig gemütlich», und dann gab es, nur für uns, Kartoffelsalat mit Würstchen.

Herr Hürzeler hatte angekündigt, uns bald wieder zu besuchen, und tatsächlich stand er schon zwei Wochen später mit einem Strauß Freilandrosen vor der Tür. Ich machte im Garten an einem kleinen Tisch meine Schularbeiten, Mutter gab im Haus eine Klavierstunde – sie hatte in dieser Gegend der gut gestellten Häuschenbesitzer mit Kulturanspruch in kürzester Zeit sieben neue Schüler bekommen und die Preise für eine Klavierstunde mutig erhöht. Herr Hürzeler setzte sich zu mir in den Garten, und wir hörten zu, wie Renate Schlegel die Bassnoten übte, und Herr Hürzeler zeigte unter den Jasmin und sagte: «Hier muss man doch ein Gemüsebeet anlegen!» Das sagte er auch zu meiner Mutter, als Renate Schlegel endlich gegangen war und sie zu uns herauskam. Sie brachte ein Tablett mit Kaffee und Geschirr mit, und ich wurde zum Bäcker geschickt, um drei Puddingteilchen zu kaufen – Eiterbrillen, sagten wir in der Schule dazu, wenn wir in der Pause die Brezeln mit dem süßen gelben Pudding aßen, leckere Eiterbrillen.

Herr Hürzeler trank Kaffee, aß seine Eiterbrille, rauchte dann eine übel riechende billige Zigarre und dozierte über den Garten – was man ausreißen, was neu pflanzen müsse, er kenne sich da aus, er würde das gern übernehmen. Meine Mutter blieb zurückhaltend, bediente ihn freundlich, ging auf die Gartenangebote aber nicht weiter ein und erzählte kleine Geschichten aus der neuen Nachbarschaft. Mir war plötzlich ungemütlich zumute, denn ich hatte das Gefühl, als wolle sich Herr Hürzeler, kaum dass mein Vater drei Wochen tot war, an meine Mutter heranmachen, hier einziehen und der neue Papa werden. Er war Witwer, arbeitete im Finanzamt, wohnte in der Mittelstädter Straße im besonders lauten, besonders dunklen Parterre, und ich konnte mir gut vorstellen, dass er liebend gern in das sonnige Häuschen zu uns gezogen wäre.

Er kam nun öfter, und meine Mutter war freundlich zu ihm, obwohl ich das Gefühl hatte, dass sie jedes Mal leicht seufzte, wenn sie ihn die Straße entlangkommen sah oder wenn schon wieder er es war, dem sie nach 17 Uhr, seinem Büroschluss, oder an den Wochenenden die Tür öffnen und dann stundenlang Kaffee trinkend mit ihm im Garten sitzen musste. Immer wieder bot er sich an, ein Gemüsebeet anzulegen, immer wieder wiegelte sie freundlich ab und wich aus, aber zu mir sagte sie beim Abendessen, während sie energisch mit der Bratpfanne klapperte, in der die Bratkartoffeln brutzelten: «Womöglich kommt er dann jeden Tag zum Unkrautzupfen.» Sie lud mir mit einem gekonnten Schwung die Bratkartoffeln auf den Teller und fügte deutlich hinzu: «Das dann doch nicht.»

Eines Tages war ich beim Bäcker an der Endhaltestelle, um ein Brot zu kaufen, und ich hatte gerade noch gesehen, wie die Linie 6 ankam, und darin saß schon wieder Herr Hürzeler. Er war erst zwei Tage vorher bei uns gewesen. Ich rannte nach Hause und sagte zu meiner Mutter: «Der Hürzeler kommt schon wieder!» Sie dachte einen Augenblick nach, schloss rasch die Küchentür zum Garten ab und sagte mit einem Nachdruck, den ich sonst gar nicht an ihr kannte: «Nein. Diesmal nicht.»

Wir sahen ihn schon um die Ecke biegen, und da zog meine Mutter mich neben sich auf den Fußboden, direkt unter das große Wohnzimmerfenster, legte den Finger auf die Lippen und sagte: «Pssst!»

Warum wir nicht nach oben gelaufen waren, weiß ich nicht – vielleicht hätte die Zeit dafür nicht mehr ausgereicht, vielleicht war es ihr auch einfach nur zu viel Aufwand. Jedenfalls lagen Mutter und ich jetzt eng nebeneinander unter der Fensterbank des Blumenfensters auf dem falschen Perserteppich und hielten die Luft an, als Herr Hürzeler klingelte. Sie lächelte mich an, und ich war sehr glücklich, weil ich plötzlich wusste, dass Herr Hürzeler hier niemals einziehen und niemals mein neuer Papa werden würde. Er klingelte wieder. Mutter zeigte auf eine Spinne, die direkt über unseren Köpfen zwischen Fensterbank und Wand ihr Netz gespannt hatte. «Guck», flüsterte sie, «wie kunstvoll das Netz ist! Du darfst Spinnen nie töten und möglichst ihre Netze nicht zerstören. Sie sind nützlich, und sie wohnt genauso gern in unserm schönen Häuschen wie wir.»

Herr Hürzeler klingelte jetzt Sturm, indem er den Finger auf dem Klingelknopf ließ. Und meine Mutter zischte: «Der hat ja Nerven.»

Dann war es ruhig, und wir lauschten darauf, dass seine Schritte sich entfernen würden, aber stattdessen hörten wir ihn über den Kiesweg gehen, der nach hinten in den Garten und zur Küchentür führte. Wir lagen mucksmäuschenstill.

Und dann hörten wir Herrn Hürzelers Stimme.

«Frau Janowiak, Frau Janowiak, ich kann Sie sehen!», rief er, und als Mutter und ich den Kopf hoben, sahen wir sein Gesicht im oberen Fenster der Küchentür. Er hielt beide Hände rechts und links neben die Augen, um die Sonne abzuschirmen und besser sehen zu können. Er starrte durch Küche, Flur und Wohnzimmer auf uns, die wir da nebeneinander unter dem Blumenfenster lagen.

Für eine kleine Ewigkeit geschah gar nichts. Dann zog meine Mutter tief die Luft ein, stand auf, glättete ihr Kleid und ging durch Wohnzimmer, Flur und Küche zur Hintertür, um Herrn Hürzeler zu öffnen. «Kommen Sie rein», sagte sie, mehr nicht. Er kam schweigend herein, setzte sich an den Küchentisch, sie kochte Kaffee, und ich verzog mich nach oben, nachdem ich kurz und verlegen guten Tag gesagt hatte. Zum Bäcker wurde ich diesmal nicht geschickt, es gab keine Eiterbrillen. Sie redeten, aber das Gespräch schien mir weniger lebhaft zu sein als sonst. Ich saß oben auf der Treppe und versuchte etwas aufzuschnappen. Meine Mutter war einsilbig, wenn auch höflich. Herr Hürzeler erzählte, dass Herr Bittner wegen seiner Krampfadern im Krankenhaus läge. «Oh», sagte meine Mutter, «der liebe Herr Bittner, da werde ich ihn aber in den nächsten Tagen mal besuchen.»

Herr Hürzeler blieb nicht so lange wie sonst. Er ging, ohne sich von mir zu verabschieden, und er kam nie wieder. Sie hatten beide mit keinem Wort über den seltsamen Vorfall geredet, aber er hatte wohl verstanden und verschwand so aus unserem Leben, wie allmählich alle Nachbarn aus der Mittelstädter Straße aus unserem Leben verschwanden. Mutter hat auch Herrn Bittner nie im Krankenhaus besucht. Als wir Jahre später wieder in eine Stadtwohnung zogen, weil die Besitzer des Häuschens selbst dort einziehen wollten, habe ich Frau Bittner mal auf der Straße getroffen. Sie erzählte mir, dass Herr Hürzeler nach seiner Pensionierung zu seiner Schwester nach Wuppertal gezogen sei.

Als meine Mutter gestorben war, blieb ich in unserer gemeinsamen Wohnung. Einmal bin ich mit der Linie 6 zur Elisenhöhe hinausgefahren und durch unsere alte Straße spaziert, am Häuschen mit dem Blumenfenster vorbei, unter dem wir damals gelegen hatten, und ich musste an die Spinne und ihr Netz in der Ecke unter der Fensterbank denken. Als ich zurück nach Hause kam, fühlte ich mich allein und verlassen und so, als wären die besten Jahre meines Lebens längst vorbei und ich hätte damals nicht gemerkt, dass das schon die besten Jahre wären und dass danach nichts mehr kommen würde. Meine Mutter fehlte mir, und jetzt, als ich mit meinem Glas Wein am Küchentisch saß und spürte, wie mir wieder die Tränen kamen, hatte ich zum ersten Mal das Gefühl, sie doch noch in der Nähe zu haben – als würde sie auf mich herabsehen, schützend, liebevoll, als würde sie ihr mütterliches Nest weiter für mich bauen und ihr fein gesponnenes Netz von Sorge und Fürsorge weiter um mich weben, und ich sah zur Zimmerdecke hoch, wo die Spinne still in ihrem Netz saß.

Ich musste lächeln und sagte leise unter Tränen: «Frau Janowiak, Frau Janowiak, ich kann Sie sehen.»

Körnergefüttert

Suppenhühner, *körnergefüttert, direkt vom Bauernhof für Selbstabholer, DM 5* », stand in der Anzeige. Irgendein schon seit drei Tagen anhaltender BSE-Wahn vom guten gesunden Essen trieb mich hinaus aufs Land. Der Hof lag romantisch, hatte allerdings einen großen, asphaltierten Parkplatz für die vielen Selbstabholer. Eine Blutspur führte quer über den Hof zum Verkaufsstand. Viele Menschen kamen mir entgegen. Die einen trugen ihr lebendes Huhn im Käfig davon, andere in Kartons oder in eine Wolldecke gewickelt. Manche kämpften einen verbissenen Kampf gegen das flatternde Huhn, hielten es mit energischem Griff an den Beinen fest, den Kopf nach unten, und ließen es zappeln. Einige hielten das tote Huhn weit von sich, denn aus dem Hals tropfte Blut. Mir wurde flau, und ich wollte schon umkehren, doch ich war dran. Norbert Blüm als Bauer stand hinter einer Verkaufstheke, strahlte mich an.

«Einmal?», fragte er.

«Ja», sagte ich.

Er griff hinter sich, wo Hunderte von gleich aussehenden Hühnern auf engem Raum herumgackerten, schnappte sich eines und hielt es mir, die beiden dünnen Beine in einer Faust zusammengedrückt, hin. Es zappelte und flatterte furchtbar, er musste es sehr fest halten. Ich schaute es verzagt an, was Norbert Blüm falsch verstand.

«Die sind alle gleich», sagte er.

«Jaja», sagte ich.

«Eines wie das andere!», rief er, sich gebärdend wie ein Marktschreier.

«Bitte schlachten Sie es mir.»

«Für fünf Mark schlachte ich nicht auch noch.»

«Aber so kann ich es nicht mitnehmen», sagte ich.

«Sie können es selbst schlachten, da hinten steht ein Hackstock!»

Ich schaute in die gezeigte Richtung und sah einen blutüberströmten Hackstock mit einem Beil. Der Boden davor war übersät von blutigen Hühnerköpfen. Ich zögerte, und Blüm wurde leicht ungeduldig: Was denn nun? Ich schaute wieder das Huhn an, und für den Bruchteil einer Sekunde trafen sich unsere Augen. Ich sah Angst und Verzweiflung, und es war um mich geschehen. Nur eines, ein einziges dieser Tiere hier aus der Menge der Geschundenen freikaufen, ihm die Freiheit geben, Gnadenkörner, was auch immer. Ich zahlte fünf Mark, nahm das Huhn, hielt es, um ihm nicht wehzutun, denkbar ungeschickt fest und machte mich auf den Weg zum Parkplatz. Das Huhn wehrte sich, pickte frech nach meinen Armen, flatterte, benahm sich seinem Retter gegenüber so undankbar, dass ich beschloss, von der Befreiungsaktion Abstand zu nehmen. Ich werde Karlheinz anrufen, der wird es mir schlachten, der kann das, der kommt vom Bauernhof und macht sich ohnehin immer lustig über uns, die wir Fleisch essen, aber beim Schlachten nicht einmal zusehen können. Oder ich bringe es zu Serdar, meinem türkischen Freund. Dann wird es geschächtet.

Im Wagen drehte das Huhn schier durch. Es flatterte gegen die Scheiben, röchelte, wollte raus, flatterte von vorne nach hinten und zurück, ermüdete schließlich aber, setzte sich auf den Beifahrersitz und starrte mich an. Ich merkte das. Jetzt nicht hinschauen, nicht wieder diese Augen!

Ich schaute hin. Dazu muss ich sagen, dass mein ab und zu aufkommendes Umweltbewusstsein nur sentimentalen Ursprungs ist und nie lange anhält. Immer wenn ich ein kleines zartes Lämmchen auf einer Wiese streichle, beschließe ich unverzüglich, Vegetarier zu werden, und wenn ich im Fernsehen diese furchtbaren Filme über Tiertransporte sehe, weiß ich: nie wieder Currywurst! Von der BSE-Angst gar nicht zu sprechen.

Es sah nett aus, das Huhn. Es legte den Kopf schief, verdrehte den Hals so, dass es mich mit beiden Augen ansehen konnte, als wollte es mich fragen: «Wie heißt du?»

«Ich heiße Robert», sagte ich.

Und mir war, als würde es zufrieden nicken.

Scheiße, wir kamen in einen Stau. Gott, wie lange wird das dauern, wie lange wird das Huhn ruhig bleiben? Hoffentlich hat Karlheinz Zeit, oder Serdar, denn was soll ich mit einem Huhn in der Wohnung? Ich könnte auf dem Küchenbalkon einen kleinen Käfig bauen. Nein, ich verwarf den Plan. So ein Huhn hat ein Recht auf Auslauf, auf genügend Platz, auf Erdboden und Freiheit, Landluft und Gesellschaft, oder eben auf den Gnadentod.

Jetzt pickte es interessiert an der Klappe des Handschuhfachs herum. Es entstand fast ein Rhythmus. Chickenrock, dachte ich, in den siebziger Jahren von der Band Guruguru gespielt. Wie seidig seine Federn sind! Ich langte hinüber, streichelte es ganz behutsam. Es duckte sich zunächst ängstlich nieder, doch dann reckte es sich wohlig, drückte seinen warmen kleinen Kopf in meine Hand.

Man muss es ja nicht nur schlachten, ihm also den Kopf abschlagen, durchfuhr es mich, man muss es ja auch rupfen. Ich glaube, man steckt es in heißes Wasser und reißt ihm dann die Federn aus. Karlheinz wird es wissen und machen, er hat da kein Problem, im Gegenteil.

Als ich noch draußen am Stadtrand wohnte, hatte ich Katzen. Sie hatten natürlich Namen. Der Hund auch. Sogar ein Igel, der mich regelmäßig besuchte, um sich ein Ei abzuholen, wurde von mir getauft. Er hieß Wilhelm Meister. Und auch die beiden Tauben, die ich in der Stadt auf meinem Küchenfensterbrett regelmäßig heimlich füttere, haben Namen. Die verrate ich aber nicht. Sogar ein Schwanenpaar im städtischen Weiher, das ich in harten Wintern füttere, wurde von mir getauft: Wanda und Wladimir. Warum sollte nun dieses Huhn, das inzwischen die Bonbonpapiere aus meinem Aschenbecher pickte, keinen Namen haben?!

Ich werde es Carola nennen, wie eine Frau heißt, die ich kenne, die einem Huhn ähnlich sieht.

«Ich taufe dich Carola, dann bist du wenigstens getauft, wenn du das Zeitliche unter dem Axthieb von Karlheinz segnest.»

Es schaute mich mit seinen furchtsamen Augen fragend an.

«Carola», sagte ich.

Es drückte wieder, als hätte es den Namen akzeptiert, seinen Kopf in meine Hand.

Ach, hätte ich doch Norbert Blüm nochmal fünf Mark gegeben, damit er dich schlachtete. Du hättest mich nicht so treuherzig ansehen können, du wärst in einer Plastiktüte gelandet und hättest keinen Namen bekommen. Warum habe ich verdammt nochmal nicht deinesgleichen im Supermarkt tiefgefroren gekauft? Da gibt's auch welche, auf denen ‹körnergefüttert› steht, was genauso wenig nachweisbar ist wie die Behauptung des Bauern Blüm, dass er dich mit Körnern und nicht mit Tiermehl gefüttert hat.

Der Stau hatte sich aufgelöst, es war dennoch

viel Verkehr, aber es lief zügig, allerdings mit viel zu geringen Abständen zwischen den Autos. Carola pickte jetzt intensiv in die schäbigen Polster meiner Autositze. Schon zog sie weiße Flusen aus dem Inneren. Sachte griff ich hinüber, um sie abzulenken. Für einen Moment lag wieder ihr kleiner warmer Kopf in meiner Hand. Sie schaute mich an. Ich sah ihre Augen, dann blinkende rote Lichter – und schon krachte es. Vor mir hatte jemand voll gebremst, ich war aufgefahren, saß mit meiner Kühlerhaube fast im Kofferraum des Autos vor mir, es tat einen weiteren Knall und hinter mir schob sich ein Auto in mein Wageninneres. Scheiben klirrten, die rechte Tür sprang auf, ich konnte gerade noch meinen Sicherheitsgurt lösen, um hinter Carola herzueilen, die durch die offene Tür auf die Fahrbahn geflogen war. Im letzten Moment bekam ich sie zu fassen. Ein Auto, das noch ausweichen konnte, hätte uns fast beide überrollt.

Nun stand ich verwirrt da, hielt Carola fest umschlossen, spürte ihr Zittern, schaute befremdet fluchende Männer und weinende Frauen an und registrierte kaum das Desaster um mich herum. Ich hatte ein Lebensretter-Glücksgefühl.

Plötzlich stand eine Frau vor mir.

«Oh, ein Huhn, ein wirkliches echtes Huhn, ist ihm was passiert?», flötete sie.

«Das ist Carola.»

«Carola! Gott, wie süß!»

«Wir haben Glück gehabt, es scheint alles in Ordnung zu sein.»

«Aber schauen Sie, die Kleine blutet ja!»

Tatsächlich, Carola blutete, ein Flügel war eingerissen. Ich muss sie zu fest an mich gepresst und dabei verletzt haben. Die Frau bot an, Carola in ihr unbeschädigtes Auto zu bringen, bis die unseligen Unfallformalitäten erledigt sein würden. Als wir alles hinter uns hatten und mein Auto abgeschleppt war, nahm die verständnisvolle Frau Carola und mich in ihrem Auto mit. Wir sollten zur Sicherheit zum Tierarzt fahren, schlug sie vor, denn es könnte sein, dass Carola einen Schock hat und dass man die Wunde behandeln muss. Die Frau kannte in der Nähe eine vorzügliche Tierarztpraxis, von zwei ganz lieben Schwulen betrieben, die ihren Kater Benno schon seit Jahren behandelten.

Wir fuhren hin.

«Name des Patienten?»

«Carola.»

«Katze?»

«Huhn.»

«Ah, Hund.»

«Nein, Huhn!»

«Ah, Huhn!»

«Geschlecht?»

«Ja, also, weiblich würde ich sagen – es ist ein Suppenhuhn.»

«Also weiblich?»

«Ja.»

«Waren Sie schon bei uns?»

«Nein.»

«Wenn Sie bitte Platz nehmen wollen.»

Die beiden Schwulen waren begeistert.

«Oh, ein Suppenhühnchen, wie süß!», gackerten sie unisono.

«Das ist Carola», sagte ich betont sachlich.

Mir entging nicht, dass sie mich belächelten. Übertrieben kümmerten sie sich um Carola. Nein, einen Schock habe sie nicht. Sie verarzteten die Wunde, verabreichten eine Spritze, verlangten fünfzig Mark und wünschten viel Glück.

Die hilfsbereite Frau, Henny Wohlgemut, fuhr mich nach Hause, gab mir ihre Telefonnummer, denn sie wollte unbedingt von Carolas Befinden unterrichtet werden, und ich trug mein neues Haustier behutsam hinauf in meine Wohnung.

Kaum hatte ich Carola auf mein Bett gesetzt, schiss sie befreit, weißgrau und ziemlich flüssig. Mir schwante, was ich mir aufgeladen hatte. Ans Schlachten würde nicht mehr zu denken sein. Man isst nicht ein Tier, das einen Namen hat, eine Karteikarte beim Tierarzt und schon fünfzig Mark Arztkosten verursacht hat. Und was würde ich Frau Wohlgemut sagen? Überhaupt, sagte ich mir, ich muss jetzt endlich mal aufhören, das Fleisch unschuldiger Tiere zu essen.

Sie wird Hunger haben, dachte ich. Da ich selbst Brot backe, hatte ich Weizen- und Roggenkörner im Haus. Die setzte ich Carola vor. Sie pickte daran, fraß aber nicht, wandte sich indigniert ab, als hätte sie noch nie solche Körner gesehen. Ob der Bauer Blüm sie wirklich körnergefüttert hatte? Wenn es mir nicht gelänge herauszubekommen, was Carola frisst, würde ich ihn anrufen und nach seinem Hühnerfutter befragen. Ich ließ Carola, die es sich jetzt auf meinem Bett bequem gemacht hatte, allein, ging zum Supermarkt, kaufte Kanarienfutter, Katzendosen, Trockenfutter, Müsliriegel und allerhand andere Leckereien. Irgendetwas davon, dachte ich, wird sie wohl mögen.

Als ich wieder in die Wohnung kam, war Carola nicht zu sehen. Wo war sie? Siedend heiß fiel mir ein, dass ich die Küchenbalkontür aufgelassen hatte. Ich eilte zur Küche und sah Carola auf der Balkonbrüstung sitzen.

«Carola!», rief ich. «Halt! Nein! Nicht!»

Sie spannte die Flügel auf und flog.

Ich rannte auf den Balkon und flog hinterher.

Da wachte ich auf. Es war schon hell, die Sonne schien herein, ich hatte lange geschlafen. Hatte ich geträumt? Ja, ich hatte geträumt. Aber was? Wie immer, wenn ich ahne, dass ich geträumt habe, konnte ich nicht dahinterkommen, was ich geträumt hatte. Ich war wie gerädert, verwirrt, brauchte ein paar Minuten, um richtig wach zu werden. Irgendwie war ich, glaube ich, geflogen, des Fliegens tatsächlich mächtig gewesen. Der Wecker klingelte immer noch, ich machte ihn aus. Neben dem Wecker lag der Anzeigenteil der Zeitung. Ich hatte vor dem Einschlafen noch etwas angestrichen. Ich suchte meine Brille und las:

Suppenhühner, körnergefüttert, direkt vom Bauernhof für Selbstabholer, DM 5.

Nurejews Hund

Als der weltberühmte Tänzer und spätere Choreograph Rudolf Nurejew 1993 in Paris starb, hinterließ er außer Antiquitäten einen Hund namens Oblomow. Es war, wie der natürlich nicht willkürlich gegebene Name literarisch Gebildeten unschwer verrät, ein besonders träger Hund. Auf relativ kurzen Beinen und sehr breiten Pfoten trug er einen schweren Leib in den Farben schmutzig Weiß, Beige und verwaschen Schwarz, seine Augen tränten, seine kräftigen Krallen waren zu lang und kratzten auf Parkettboden, seine Ohren hingen trostlos neben dem melancholischen Gesicht. So elegant, geschmeidig und durchtrainiert Rudolf Nurejew selbst in späteren Jahren und noch zu Beginn seiner Krankheit war, so unelegant, übergewichtig und schwerfällig war Oblomow, der Hund. Wie sich besonders schöne und attraktive Menschen instinktiv mit unscheinbaren Freunden umgeben, damit ihr eigener Glanz nicht Schaden nimmt, so hatte sich vielleicht Rudolf Nurejew, der Weltmeister der Schwerelosigkeit, ausgerechnet diesen kurzatmigen, plumpen Hund ausgesucht, der ergeben neben ihm schlurfte, während sein Herr geradezu flog, tanzte, durchs Leben glitt.

Oblomow verließ die Wohnung mit den kostbaren, weichen Teppichen nur ungern, dennoch begleitete er seinen Herrn natürlich überallhin, vor allem zum täglichen Training in den Ballettsaal mit den riesigen Spiegeln, dem glatten Boden und der *barre.* Dort lag eine weiche Decke neben dem Klavier, und wenn Monsieur Valentin spielte und Rudolf Nurejew sich an der Stange bog und drehte oder mit seinen Schülern oder dem Corps de ballet der Pariser Oper neue Tanzschritte erprobte, lag Oblomow schläfrig auf seinem Lager, schaute durch fast geschlossene Augen dem Treiben zu und seufzte ab und zu tief. Er verstand inzwischen viel vom Tanz, wenn er auch nicht recht begriff, weshalb Lebewesen sich der Tortur unterzogen, mit beiden Beinen gleichzeitig in der Luft zu sein und dabei noch die Arme graziös emporzurecken, *ailes de pigeon, en avant et en arrière.* Wozu das alles? Der Boden erbebte leicht, und Oblomow spürte den Rhythmus des Klaviers und der tanzenden Füße und nahm ihn zufrieden grunzend in sich auf. *Un, deux, trois, allez!* Nurejew sprang in die Luft, die Beine fest und gerade aneinander geschmiegt, die Arme gestreckt, *assemblé soutenu,* und seine Partnerin kam ihm in einer *grande jetée en tournant* entgegengeflogen, der rechte Fuß stand auf der Spitze, der linke war mit 90 Grad nach hinten gestreckt, die Arme schienen Flügel zu sein, und Oblomow spürte tief in seinem Inneren unter dem dreifarbigen Fell, was Sehnsucht ist, was Romantik und Schönheit. Es machte ihn glücklich. Nachts träumte er mitunter von acht Ballerinen in aprikosenfarbenen Tutus, die gemeinsam *pas emboités* tanzten, eine Serie voreinander geschachtelter Schritte in die jeweils fünfte Position, o ja, Oblomow kannte sich aus, er hatte schon viel gesehen und konnte einen *entrechat quatre* durchaus von einem *entrechat six* unterscheiden, bei dem die gestreckten Füße dreimal statt nur zweimal beim Sprung in der Luft gekreuzt werden. All das gefiel ihm ungemein, aber am meisten liebte er es, Nurejew zuzusehen, wenn auch dessen Sprungkraft nicht mehr so groß war wie noch in früheren Jahren. Oblomow, der seine ideale Balance nur durch maximale Trägheit erreichte, konnte sich nicht satt sehen an den kraftvollen Sprüngen Nurejews, seine Schwerelosigkeit schien ihm ein Wunder, und wenn sein Herr die Position *écarté de face* einnahm, schräg zu Oblomow in seiner Ecke beim Klavier gestellt, dann vibrierte sein Herz vor Liebe, und die Augen wurden ihm feucht.

Als Rudolf Nurejew kränker und schwächer wurde, wich Oblomow nicht von seinem Lager. Freunde versorgten ihn, denn trotz seines Kummers nahm sein Appetit nicht ab, aber er mochte das Haus nun nur noch für das Allernötigste verlassen. Und als Nurejew gestorben war, fand man den Hund, trauernd mit den Pfoten dicht vor den entzündeten Augen, als müsse er weinen, auf einem der Orientteppiche nahe dem Bett mit den vielen Seidenkissen.

Natürlich hatte Nurejew von seinem Liebling Abschied genommen, ehe er ins American Hospital verlegt wurde, wo er im Januar 1993 starb, und natürlich hatte er für ihn gesorgt und sich einen Menschen ausgesucht, der sich nach seinem Tod um das Tier kümmern sollte. Dieser Mensch war Olga Piroshkowa, eine Ballerina, die nie in der ersten Reihe getanzt hatte, aber ein Leben lang dem Tanz treu ergebenes Mitglied zuerst der Leningrader, dann der Pariser Oper gewesen war und Nurejew anbetete, bewunderte und ihm, als er krank war, täglich kräftige Suppen kochte und in einem blausilbernen Warmhaltetopf brachte. Sie fütterte ihn teelöffelweise mit der guten Rindfleisch- oder Hühnerbrühe, das Fleisch bekam Oblomow, und wenn Nurejew erschöpft schlief, hüllte sich die Piroshkowa in ihren großen schwarzen Samtschal mit den langen Fransen und in ihren tief roten Wollmantel und ging mit Oblomow die kastanienbewachsene Allee entlang, bis der Hund sich entleert hatte und an der Leine zog, weil er wieder nach Hause zu seinem Herrn und den weichen Teppichen wollte.

Olga Piroshkowa also legte der sterbende Nurejew seinen Hund ans Herz, und er hatte auch in seinem Testament vermerkt, dass der alte Gläserschrank mit den kostbaren Biedermeiergläsern sowie zwei usbekische, sehr wertvolle Teppiche, die Sammlung seltener Schallplatten und eine größere Summe Bargeld in den Besitz der Piroshkowa übergehen sollten, verbunden mit der Bitte, sich um Oblomow bis zu dessen letztem Atemzug liebevoll zu kümmern.

Die Piroshkowa nahm das Erbe dankbar an. Sie

erwirkte, dass Oblomow während der Trauerzeremonie mit in die Kirche durfte, und er lag stumm, nur hin und wieder tief seufzend zu ihren Füßen und störte niemanden. Im Gegenteil, viele der aus aller Welt angereisten Tänzer, Regisseure, Dirigenten, Choreographen, der Künstler und Journalisten, der Bewunderer, Fans und Freunde streichelten über Oblomows großen Kopf und sagten leise: «Ach, du armer Hund!», oder: «Nun bist du ganz allein.»

Aber Oblomow war kein armer Hund, und er war eben keineswegs ganz allein, er hatte ja die Piroshkowa, in deren Appartement am Bois de Boulogne er nun einzog. Seine mit rotem Samt eingefassten Decken, sein schwarzes, thailändisches Körbchen, sein weiches Halsband aus Kalbsleder, seine Fress- und Wassernäpfe aus bestem Sèvresporzellan mit leuchtendem Blumendekor von Falconet, das alles kam mit und vermittelte ihm ein Gefühl von Heimat in seiner tiefen Traurigkeit. Olga Piroshkowa liebte den Hund, wie sie Nurejew geliebt hatte. Sie versorgte ihn gut, ließ ihn vor ihrem Bett schlafen, und wenn sie die wunderbaren alten Schallplatten mit den Divertissements von Rameau, Gluck oder Gounod auflegte, zu denen Rudolf Nurejew so oft getanzt hatte, dann hatten sie beide Tränen in den Augen. Ab und zu ging Olga Piroshkowa in den Trainingssaal der Oper, übte mit den Ballettelevinnen, und dann lag Oblomow wieder neben dem Klavier bei Monsieur Valentin, sah zu, hörte zu, spürte den Fußboden beben, und ein namenloses Sehnen zog durch seine Brust und brach manchmal in einem kurzen, markerschütternden Geheul aus ihm heraus. Dann hielt Monsieur Valentin inne, nahm die langen weißen Hände von den Tasten, bückte sich, kraulte Oblomow hinter den Ohren und sagte: «*Ah, mon pauvre petit chien, il n'est pas disparu, il est toujours entre nous*», mein Armer, er ist nicht wirklich weg, er ist immer hier bei uns, und Oblomow spürte, dass daran etwas Wahres war.

Die Piroshkowa lebte ein zurückgezogenes Leben. Sie war über sechzig, ihre besten Jahre waren längst vorbei, und sie hatte ohnehin nie so ausschweifend gelebt, solche opulenten Feste gefeiert, Bankette gegeben, so viele Freunde so großzügig bewirtet, wie das bei Rudolf Nurejew der Fall gewesen war. Ihr Leben war leise, diszipliniert, ein kleines Ritual, aber Oblomow, auch in die Jahre gekommen, fühlte sich, wenn er ganz ehrlich war, dabei wohler als bei den lauten, wilden Gelagen damals in Nurejews Wohnung, bei denen ihm schöne junge Männer Champagner in seinen Trinknapf gegossen und ihn mit Kaviarbrötchen gefüttert hatten. Er wollte lieber seine Ruhe haben, und die hatte er bei der Piroshkowa, die zeitig zu Bett ging. Dann allerdings wurden ihm die Nächte doch manchmal etwas lang, und er schlurfte durch die nur angelehnte Tür auf den kleinen Balkon und sah nachts um halb drei durch das Gitter der Veranda hinunter auf die stille Straße vorm Bois de Boulogne. Und eines Nachts ertappte er sich zu seinem Erstaunen dabei, wie er plötzlich die Vorderpfoten zierlich kreuzte und einen kleinen Sprung wagte – fast eine *révoltade*, eine äußerst komplizierte Variation aus Spielbein und Sprungbein. Er schnaufte heftig. Langsam hob er seinen Hinterleib und stellte sich auf die Spitzen der Hinterpfoten – ein beinahe perfektes *relevé* war ihm da gelungen, und er legte noch einen Schritt drauf, einen ganz kleinen, eigentlich nur angedeuteten *frappé*, ein leichtes Fersenanschlagen, Spielbein gegen Standbein. Dann stand er verwundert still und horchte in sich hinein. Was war denn das? Konnte er, wollte er etwa tanzen, in seinem Alter, bei seiner Leibesfülle? Trieb ihn Sehnsucht nach seinem Herrn,

Erinnerung, oder hatte er ästhetische Bedürfnisse? Er wusste es nicht. Er wusste nur, dass es ihn reizte, auszuprobieren, was er so oft gesehen, wovon er so oft geträumt hatte. *Jeté! Plié!* Oblomow fügte, wie er es tausend Mal bei den Tänzern beobachtet hatte, eine kleine Serie *demi pliés* an, um die Muskeln zu lockern und die Balance zu halten, und dann wagte er sich an die erste Position: die Füße werden nach außen gedreht, Fersen aneinander, und so muss es eine gerade Linie sein. Oblomow gelang das perfekt. Die zweite Position – beide Füße in gerader Linie mit einem Schrittabstand zwischen den Fersen – machte ihm auch keinerlei Mühe. Sein Herz klopfte, er war sehr aufgeregt und bereute, nicht schon früher mal einige Tanzschritte erprobt zu haben. Aber er war bereits jetzt leicht außer Atem gekommen und beschloss, es nicht zu übertreiben und weitere Positionen in der nächsten Nacht zu versuchen. Er atmete die würzige Nachtluft tief ein und trollte sich wieder auf seine Decke, ließ sich schwer fallen und sank in einen Traum, in dem dralle böhmische Mädchen zu Musik von Dvořák erotische Tänze tanzten.

Am nächsten Tag wunderte sich Olga Piroshkowa darüber, dass der Hund gleichermaßen erschöpft und nervös wirkte. Er schnaufte schwer beim Treppensteigen, er mochte nicht spazieren gehen, aber in der Wohnung lief er unruhig auf und ab, und es schien ihr, als setzte er die Pfoten anders als sonst – nicht so breitbeinig, zierlicher, als würde das schwere Tier versuchen, leichter zu gehen, und sie war beunruhigt und doch auch sehr gerührt. Sie beschloss, Oblomow im Auge zu behalten. In der Nacht erhob er sich wieder von seinem Lager und ging auf den Balkon. Die Piroshkowa, die meistens einen leichten Schlaf hatte, war zudem von ein paar Sorgen belastet, denn sie hatte eine südindische Tanztruppe nach Paris eingeladen und war sich nicht sicher, ob sich das ganze Unternehmen rentieren und ob die Pariser wirklich die religiösen Tanzdramen der Brahmanen sehen wollten. Sie erwachte und sah, wie Oblomow auf den Balkon schlich. Wie erstaunte sie, als der Hund plötzlich, den Kopf zur Stabilisierung des Gleichgewichts vor das Gitter gepresst, die beiden Vorderpfoten in die dritte Position stellte – parallel in entgegengesetzte Richtungen zeigend, die Fersen aneinander geschmiegt. Natürlich konnte das ein Zufall sein, eine seltsame Haltung, unwillkürlich eingenommen, aber auch die vierte Position stimmte, und dann die komplizierte fünfte, aus der heraus der Hund plötzlich mit völlig unvermuteter Leichtigkeit in die Höhe sprang und *assemblé simple* versuchte. Dann stand er still, Olga Piroshkowa hielt den Atem an und hörte ihn schwer schnaufen. Er sah lange hinab auf die Straße, und dann versuchte Oblomow, sich auf die Hinterpfoten zu stellen und die Vorderpfoten *en haut* über den Kopf zu halten, so graziös wie möglich, aber er hielt das nicht lange durch und stand bald wieder auf allen vieren. Für die Piroshkowa bestand kein Zweifel: Nurejews Hund übte heimlich Tanzschritte, und sie konnte es kaum fassen. Wie sollte sie sich verhalten? Sollte sie das Tier loben, ihm zeigen, dass sie sein Geheimnis kannte, oder sollte sie still das Schauspiel genießen und sich gar nicht anmerken lassen, dass sie etwas wusste? Sie entschied sich zunächst für Letzteres, konnte aber lange nicht einschlafen vor Aufregung und konnte es sich nicht versagen, wie von ungefähr ihre Hand aus dem Bett hängen und über Oblomows Kopf gleiten zu lassen, sanft, lobend, als der schwer atmende Hund längst wieder auf seiner Decke vor ihrem Bett lag und träumte, dass in schöne Trachten gekleidete Männer kraftvoll den *Gopak*, einen aus der Ukraine stammenden Nationaltanz im $^{2}/_{4}$-Takt tanzten.

Die Piroshkowa beobachtete die Versuche Oblomows, elegante Tanzschritte zu wagen, nun öfter. Er machte Fortschritte. Sie hätte gern ab und zu eingegriffen und ein wenig geholfen, korrigiert, gefordert und gefördert, aber sie hütete sich davor, denn sie fürchtete, das Tier würde erschrocken darauf reagieren und nie mehr tanzen, wenn es sich entdeckt und beobachtet fühlte. Aber es drängte sie natürlich, ihre unerhörte Beobachtung mitzuteilen: Nurejews Hund tanzt! Was für eine Sensation! Sie dachte sogar daran, Fotos davon an alle großen Blätter zu verkaufen, eine Titelgeschichte in den Tanzjournalen wäre das allemal wert, und sie könnte es sich teuer bezahlen lassen – allzu üppig war das Konto der Piroshkowa nicht, auch Nurejews Geld schmolz ständig dahin. Sie würde ja alle Einnahmen durchaus mit Oblomow teilen, ihm eine neue Kaschmirdecke kaufen, das beste Fleisch für ihn kochen, Basmatireis als Beilage reichen statt des einfachen amerikanischen Langkornreises. Dennoch sprach sie mit niemandem.

Aber sie lud eine Journalistin, mit der sie befreundet war, zu einem späten Abendessen ein und bat sie, auch einen Fotoapparat mitzubringen – es gäbe vielleicht eine Überraschung. Die Journalistin kam, man aß und trank, hörte Milhauds *L'homme et son désir* und hatte einen schönen Abend miteinander. Der Mond schien über dem Bois de Boulogne, und auf dem Balkon lag Oblomow, die Schnauze ans Gitter gedrückt, und sah hinab auf die abendlich belebte Straße oder döste. «Was ist mit der Überraschung?», fragte Madeleine Corbeau kurz vorm Aufbrechen, und Olga Piroshkowa hob bedauernd die schönen Hände, lächelte und sagte: «Es hat leider nicht geklappt. Vielleicht ein andermal, bis dahin darf ich dir nichts verraten.» Die beiden Frauen küssten sich auf die Wangen, verabschiedeten sich, und während Olga Piroshkowa die Gläser und Teller und die leere Weinflasche in die kleine Küche räumte, sah sie immer wieder zu Oblomow, der auf dem Balkon lag und döste. Es war ein milder Sommerabend. Olga führte den Hund noch einmal aus, dann legten sich beide zum Schlafen nieder.

In dieser Nacht geschah nichts, und in der nächsten Nacht lag ein kleiner Fotoapparat in Olga Piroshkowas Reichweite neben dem Kopfkissen. Wenn Oblomow wieder tanzte, würde sie versuchen, ein Foto davon zu machen. Und wirklich, gegen vier Uhr, als es bereits hell wurde und die ersten Vögel zwitscherten, stand das große, unförmige Tier draußen am Balkongitter und übte eine kleine *arabesque* mit weit zurückgestrecktem, linkem Hinterbein. Olga Piroshkowa griff vorsichtig zum Fotoapparat und nahm ihn vors Gesicht. In diesem Moment drehte der Hund sich um und sah sie mit einem so traurigen Ausdruck im Gesicht an, dass sie das Gefühl hatte, ihn verraten zu haben wie Orpheus seine Eurydike, als er sie aus der Unterwelt befreite und dann für immer durch seine Neugier verlor. Der Hund stand da, sah sie an, sie ließ den Fotoapparat sinken, flüsterte: «*Pardon, mon cher!*», und Oblomow trottete ins Zimmer und legte sich, weit entfernt von ihrem Bett, auf den kleinen usbekischen Teppich unter ihren Schreibsekretär. In dieser Nacht schliefen sie beide schlecht. Die Piroshkowa träumte von einem totalen Desaster mit der südindischen Tanztruppe, die in Wahrheit zwei Wochen später einen großen Erfolg haben und der Piroshkowa einiges Geld einbringen sollte, und Oblomow träumte von Männern mit Dolchen, die im wilden $^6/_8$-Takt die *Lesginka* aus Daghestan tanzten.

In den nächsten Tagen gingen beide äußerst vorsichtig miteinander um, die alternde Ballerina und der Hund des weltberühmten, toten Tänzers. Sie wusste nicht, ob sie das nächtliche Geschehen ansprechen sollte, er wusste nicht, ob sie ihn wirklich durchschaut und beobachtet hatte. Er tanzte einige Tage nicht oder nur dann, wenn er fest davon überzeugt war, dass Olga Piroshkowa tief schlief, er hörte es an ihrem Atem. Dann übte er schwierige Sprünge und entzückende kleine Pirouetten, landete aber immer plump auf allen Pfoten statt auf zweien oder gar auf nur einer.

Am 17. März 1998 wäre Rudolf Hametowitsch Nurejew sechzig Jahre alt geworden. Oblomow lebte nun schon fünf Jahre bei Olga Piroshkowa, und er fühlte sich mitunter alt und müde. Aber immer noch übte er ab und zu Tanzschritte, und er hatte das Gefühl, seine Gelenke blieben dadurch gesund und sein Herz jung. An diesem Tag im Frühling, es war schon warm, die Forsythien blühten, schmuggelte die Piroshkowa Oblomow auf den russischen Friedhof von Sainte Geneviève de Bois zum Grab Nurejews, wo Hunde natürlich verboten sind. Sie hatte einen großen Strauß weißer Rosen dabei und legte ihn auf dem Grab ab. Lange stand sie still da, mit gefalteten Händen, und Oblomow lag neben ihr, den schweren Kopf auf den Pfoten, schaute auf das Grab und träumte.

Da beugte sich Olga Piroshkowa zu ihm hinunter, weit und breit war kein Mensch zu sehen. Sie streichelte ihn sanft und flüsterte: «Oblomow, mein Lieber – einmal. Nur für ihn.»

Oblomows Nase zitterte, seine Flanken bebten. Er verstand genau, was sie meinte. Er sollte sein Geheimnis offenbaren, mit ihr teilen, einmal tanzen, für Nurejew, seinen früheren Herrn, der hier lag und den sie beide geliebt hatten. Der Hund erhob sich langsam, schüttelte sich, verharrte. Er hob seinen Kopf und sah zu Olga Piroshkowa hoch, die ihn sanft anlächelte. Sie würde ihn nicht verraten, das wusste er. Und er ging ein wenig zurück, nahm einen kleinen Anlauf, und dann legte Oblomow, der schwere, nun zwölfjährige Hund des weltberühmten Tänzers Rudolf Nurejew, eine perfekte *cabriole* mit geschlossenen Hinterbeinen, hochgestreckten Vorderbeinen, einen Flug über das Grab mit tadelloser Landung auf dem zitternden Standbein hin. Er landete mitten in den weißen Rosen. Und die Piroshkowa sah ihn an, hatte Tränen in den Augen und flüsterte: «*Une cabriole, merveilleuse,* wie stolz wäre er auf dich, *mon cher.*»

Und dann gingen sie heim, beschwingt, glücklich, einander tief verbunden, und auf dem Treppenabsatz vor der Tür zu ihrem Appartement leistete sich Oblomow einen völlig überraschenden *soubresaut*, einen komplizierten Senkrechtsprung aus der fünften Position mit perfekter Landung. Danach hat er bis ans Ende seines Hundelebens nie wieder getanzt, und die Piroshkowa hat nie ein Wort über ihr gemeinsames Geheimnis verloren.

Ingvar Kamprad aus Elmtarysd in Agunnaryd

Jedes mal wenn ich dort bin, schwöre ich mir, ich gehe nie wieder hin. Wenn ich dort war, schäme ich mich. Ich schäme mich, weil ich ohne nicht sein kann, weil es Tage gibt, wo ich am Morgen schon spüre, ich muss wieder hin. Und dann gehe ich wieder hin. Es ist eine unbestimmbare Lust, die mich immer wieder hinzieht. Die Lust davor, die danach schal und abgestanden ist. Ich bin schon den ganzen Tag aufgeregt, zittrig, bis ich endlich dort bin. Und nie ist es die wirkliche Befriedigung, immer bleibt ein bitterer Beigeschmack. Seltsamerweise weiß ich nicht mehr genau, wann ich das erste Mal hingegangen bin. Es muss um 1975 herum gewesen sein, kurz nach der Trennung von meiner ersten Frau. Ich war damals sehr allein, um nicht zu sagen einsam. Ich wollte mich öffnen, mich neuen Abenteuern aussetzen, wie auch immer. Ich wollte raus. Raus aus diesen selbst gebauten Puppenstuben der ersten Verliebtheit. Jedenfalls ist es mir seit damals nicht gelungen, darauf zu verzichten. Immer wieder zieht es mich hin. Und das Schlimmste ist, wenn ich dann auch noch jemanden treffe, den ich kenne. Schnell versucht man noch wegzusehen, sich zu verstecken, zieht den Kopf tief in den Mantel. Manchmal ist es zu spät. Und man merkt, dass es dem anderen ebenso peinlich ist, hier gesehen zu werden. Auch ihn trieb irgendeine Sehnsucht her. Neulich traf ich dort einen alten Bekannten, einen Filmarchitekten.

«Du hier?»

«Und du?»

So unser leicht verklemmtes Begrüßungsritual.

«Ich statte doch jetzt diese TV-Soap-Geschichten aus – dusselige Familienserien –, wie soll ich die anders einrichten als mit IKEA? Aber was machst du hier?»

«Recherche.»

«Ach was? Und wofür?»

«Och, weißt du, ich wollte einfach einmal über das Phänomen als solches schreiben. Ist einem ja ganz fremd. Hat man ja normalerweise nichts damit zu tun. Heute dachte ich, schaust du dir das mal an.»

Er nickte, lächelte etwas schief, und ging in die Fundgrube.

Ich weiß nicht, wann ich das erste Mal bei IKEA war. Da IKEA 1974 nach Deutschland kam und in unmittelbarer Nähe meines Heimatortes in Eching bei München seinen ersten Laden aufmachte, muss es in der Zeit gewesen sein. Wie gesagt, nach der Trennung von meiner ersten Frau jedenfalls.

Ich glaube, mich faszinierte damals die Konzeption, die Idee, die eine Broschüre des Hauses so zusammenfasst:

«IKEA! Die Firma, die die Idee hat, dass sich jeder nach seinem Geschmack einrichtet, nicht nach seinem Geldbeutel. Die Menschen suchen sich bei IKEA ihre Möbel selbst aus! Sie transportieren sie selbst heim. Sie bauen sie selbst auf.»

Das ist es: Das Selbstaufbauen, das teilweise so simpel ist, dass es den Menschen, denen es gelungen ist, ihr Regal, ihre Kommode, ihren Sekretär selbst zusammenzuschrauben, das Gefühl gibt, sie haben etwas Handwerkliches geleistet. Das befriedigt sie, das macht sie stolz, das lässt über mangelnde Qualität des Möbels hinwegsehen, denn irgendwie ist es ja was Selbstgemachtes, und das darf ja Mängel haben. Das ist das Geheimnis der Idee des Ingvar Kamprad aus Elmtarysd in Agunnaryd, der IKEA gegründet hat.

Ob man baut oder sich einrichtet, man kommt am schwedischen Möbelhaus nicht vorbei. Ob es Stühle oder Tische waren, Bettenuntergestelle oder Matratzen, Sessel oder Sofas, wir kauften sie. Je öfter wir umzogen, desto sicherer waren wir IKEA-Kunden. Wir wollten was Neues, gaben uns in der neuen Wohnung aber auch nur eine begrenzte Zeit, also lief ein Teil der Einrichtung auf IKEA hinaus. Für ein paar Jahre des Übergangs oder bis man mehr Geld für bessere Möbel hat, tun's die von IKEA. Nur die Lampen erleben selten mehr als ein Jahr. Ihnen fehlt nur der Griff zum Wegwerfen, so schlecht, so billig sind sie zusammengeschustert.

Wenn VW durch den Golf gerettet wurde, dann war es bei IKEA Billy.

Früher in der DDR gefertigt, formaldehydbelastet, wie es hieß, jetzt angeblich sauber, hat Billy überlebt und ist ein Kult-Gegenstand geworden. Billy, das Regal des letzten Viertels dieses Jahrhunderts! Billy in allen Haushalten, wo es Bücher gibt, und nicht nur dort.

Als wir 1987 mit Tausenden von Büchern umzogen, hatten die alten, von mir vor Jahren gebauten Regale ausgedient. Vier Umzüge hatten sie überlebt, immer wieder hatte ich sie neu zurechtgeschnitten, den jeweiligen neuen Bedingungen angepasst. Heute tun sie als Kellerregale weiterhin Dienst. Neue Regale mussten her. Natürlich war mein Plan, die Regale selbst zu bauen, gediegene, schwere, solide Regale aus massivem Holz. Das sei ich mir, dachte ich, schuldig. Ich rechnete und plante. Zwei Wände, insgesamt fünfzehn laufende Meter von einer Höhe von 2 Meter 70, waren mit Regalen zu bebauen. Es rechnete sich nicht. Selbst wenn ich nur das Material und nicht meine Arbeit berechnete, waren die Billy-Regale viel preiswerter. Dazu kam, dass ich genug andere Arbeit hatte. Also sollten es die Billys sein. Es stellte sich heraus, dass sie eine bewundernswerte Eigenschaft hatten: Wenn man die zusammengebauten Regale aneinander und aufeinander stellte, also nicht die Zwischenräume zwischen den Regalen nur mit Einlegeböden verband, sodass jeweils breite, doppelte Wände entstanden, sah die Bücherwand plötzlich nicht mehr nach IKEA aus. Von mir also kein schlechtes Wort über Billy!

Von mir nicht.

Welcher Teufel aber ritt IKEA, uns jetzt ein Billy-Eckregal (Katalog 1999, Seite 148 / 149, ab 239 DM) anzubieten? Das ist blanker, haarsträubender Unfug. Man kann die Billy-Regale sehr gut übereck stellen, Kante an Kante, verliert nur einen Raum von der Tiefe der Regale, 28 Zentimeter. Das Eckregal dagegen mit einem rombenartigen Querschnitt bietet nicht für ein einziges Buch mehr Platz. Es schneidet die Ecke diagonal ab und hat die schlechte Eigenschaft, dass die Bücher, die am Rand stehen, nach hinten versinken, weil sie keine Seitenwand haben, an der sie glatt anliegen können. Wer will das, wer braucht das? Wir sind einmal auf ein solches Regal hereingefallen, und wir nannten es das Büchergrab. Da kam mir eines Tages ein das Eckregal möglicherweise rettender Gedanke.

IKEA, einst angetreten als Möbelhaus für die finanzschwachen Jungvermählten und deren Erstwohnung oder für Studentenwohnungen, schickt sich an, uns durch das ganze Leben zu begleiten. Die Möbel sind gediegener, die Verarbeitung ist besser, freilich sind auch die Preise gestiegen. Von den Kindermöbeln, dem Bettchen, dem Tischchen, dem Stühlchen über die Möbel für junge Leute, die praktischen, einfachen, bis zu den Ohrensesseln und den massiven Schränken reicht die Palette. Betten, in denen wir heranwachsen, Betten, in denen wir den Nachwuchs zeugen, Betten, in denen wir sterben, Sessel, in denen wir endlich die dicken Romane der Weltliteratur lesen und unsere Zigarre rauchen, den Lebensabend verbringen. Von den Vasen, Tassen, Tellern, Bestecken, Salatsieben, Käsereiben, Badezimmerspiegeln, Teppichen, Töpfen und Blumenbänken ganz zu schweigen. Wir müssen, so wir nicht einen anderen, ausgefalleneren Geschmack oder einfach zu viel Geld haben, in unserem Leben kein anderes Möbelhaus mehr aufsuchen. Nur mit dem letzten Möbel, das wir brauchen, lässt uns IKEA im Stich. Im ganzen IKEA-Programm kein Sarg.

Da liefern uns die Schweden am Ende den Beerdigungsinstituts-Haien aus, die uns ihre teuren, völlig überdimensionierten komfortablen Prunksärge verkaufen, die wie Staatskarossen daherkommen. Sie kosten so viel wie ein Kleinwagen, und wenn wir uns verbrennen lassen wollen, dann verspricht man uns auch noch, dass diese edlen Prachtstücke mitverbrannt werden, was ohnehin niemand glaubt und auch wirtschaftlich unsinnig wäre. Da leben wir jahrelang in preiswerten Möbeln, und für die wenigen Meter von der Leichenhalle bis zum Grab oder zum Krematorium werden wir fürstlich gebettet, nur weil eine Bande von Monopolisten sich dabei eine goldene Nase verdient. Lieber Elch aus Schweden, du hast uns vor den unsäglichen Möbel-Centern mit ihren Mammutkreationen, dieser Ansammlung schlechten Geschmacks, erfolgreich geschützt, du hast uns deinen Geschmacksstempel aufgedrückt, mit dem wir klarkamen, doch am Ende verlässt du uns. Warum?

Ein Vorschlag zur Güte:

Das Billy-Eckregal, dieses ansonsten unnütze Gebilde, flach, mit der Rückwand auf den Boden gelegt, hat doch schon die klassische Form eines Sargs. Zweimeterzwei lang, das reicht fast für jeden von uns, im Inneren fast achtzig Zentimeter Raum, auch das genügt. Vier Griffe aus dem Küchenprogramm, und unsere Hinterbliebenen können uns tragen. Fehlt nur noch ein Deckel. Sollten uns unsere Hinterbliebenen auf unserem letzten Gang sehen wollen, empfehle ich die gläsernen Billy-Vitrinentüren. Ansonsten sollte man über einen geeigneten, möglicherweise auch dezent dekorativen Deckel noch nachdenken. Für mich kann ich mir nichts Erhebenderes vorstellen, als in einem Bücherregal begraben zu werden, vielleicht mit meinen Lieblingsbüchern. Und nachdem Billy nun wohl nicht mehr formaldehydbelastet ist, dürften sich weder bei der Verbrennung durch eventuell austretende Gifte noch bei der Erdbestattung für die Gesundheit der Würmer und des Bodens Probleme ergeben.

Und nach der Verbrennung empfehle ich die Vase ‹VALUTA› (Katalog 1999, Seite 260, 10 DM) oder die ‹Servierschüssel mit Deckel und praktischem Griff aus der Serie IKEA 365 + *(For all the days of the year)* (Katalog 1999, Seite 264, DM 69). Das ist sehr viel billiger als jede Urne.

Mit IKEA leben – mit IKEA sterben!

Trachtenmode

Eine Gruppe deutscher Dokumentarfilmer fuhr gegen Abend mit ihrem Jeep durch den Nationalpark. Sie kamen aus München, drei Männer und eine Frau. Sie wollten in Australien Tierfilme drehen und waren gerade erst angekommen, es war ihre erste Erkundungsfahrt, nur die Koffer hatten sie in der Übernachtungsstation am Rande des Parks zurückgelassen. Als einige Kängurus ihren Weg kreuzten, hielten sie an, um ein paar erste Fotos zu machen. Eines der Kängurus, mittelgroß, nicht scheu, begleitete sie bei der Weiterfahrt, hüpfte mal vor, mal neben dem Wagen her, und einer der Dokumentarfilmer holte seine Kamera heraus und filmte es bei seinen grotesken Sprüngen.

Dabei muss der Fahrer des Jeeps für einen Moment nicht aufgepasst und das Tier unglücklich gestreift haben – es stürzte jedenfalls plötzlich zu Boden und blieb regungslos liegen.

Die Filmer hielten den Wagen an und stiegen entsetzt aus. Das Tier lag da und rührte sich nicht, Blut war aber nirgends zu sehen. Sie zogen das Känguru vorsichtig zur Seite und lehnten es an einen Baum, wie man es vielleicht mit einem bewusstlosen Menschen getan hätte. Es war schwer und fühlte sich hart und knochig an. Sein Fell war fettig und roch nicht gut. Das Tier rührte sich nicht, nicht einmal Atem war festzustellen.

Die Dokumentarfilmer waren sehr erschrocken und wussten nicht, wie sie sich jetzt verhalten sollten. Der mit der Kamera filmte, denn auch das war ein Bild, ein wie schlafend am Baum lehnendes Känguru, und man überlegte, ob man Hilfe holen sollte. Schließlich fuhren die Frau und einer der Männer mit dem Jeep zum Lager zurück, der Kameramann und sein bayerischer Freund Waldi blieben bei dem noch immer reglosen Tier.

Warum Waldi seine Trachtenlederjacke mit den grünen Eichenlaubaufschlägen aus- und sie dem Känguru anzog, wusste später niemand mehr zu sagen – ein nur mäßig geschmackvoller Scherz. Auch setzte er dem stummen Tier seinen Sepplhut mit Gamsbart auf, und der Kameramann hielt alles im Bild fest. Es muss der Übermut dieses ersten Abends nach der langen Reise gewesen sein, der sie antrieb.

Sie waren von dem seltsam stillen Tier, das nun mit Trachtenjacke und Sepplhut unbeweglich am Eukalyptusbaum lehnte, zurückgetreten und filmten und lachten, als sich das Känguru auf einmal regte. Es tat einen tiefen Schnaufer, erwachte aus seiner Benommenheit und richtete sich groß auf. Noch ehe die beiden Männer angesichts der mächtigen Hinterbeine und des starken Schwanzes nun doch furchtsam etwas zurücktreten konnten, rannte das Tier mit einer Geschwindigkeit ins Unterholz davon, die ihm niemand zugetraut hätte.

Die beiden Männer lachten nicht mehr. Sie sahen das Känguru in der Ferne verschwinden. In der Jacke waren alle vier Flugtickets, Waldis Reisepass und seine sämtlichen Papiere, sein Führerschein, seine Kreditkarten und die Travellerchecks sowie eine alte, von seinem Großvater ererbte Schnupftabakdose, die auf dem emaillierten Deckel die Abbildung eines rotwangigen Mönchs zeigte und die den guten «Schmölzl Schnupftabak» enthielt.

Man wartet nun in Melbourne darauf, dass

vielleicht ein schnupfendes Känguru in Trachtenmode mit Sepplhut auftaucht, um jodelnd nach München einzuchecken.

Heute Morgen im Südpark

Heute morgen bin ich durch den Südpark gelaufen. Gerannt. Ein Eichhörnchen schaute mir dabei zu. Als ich zum zweiten Mal an dem Eichhörnchen vorbeikam, fragte es streng: «Warum rennt ihr alle so?»

«Um uns zu bewegen», sagte ich.

«Warum klettert ihr nicht auf Bäume?»

«Das können wir nicht.»

«Braucht ihr keine Nüsse?»

«Nein.»

«Warum wollt ihr euch dann bewegen?»

«Weil wir zu viel sitzen.»

«Was macht ihr, wenn ihr sitzt, knackt ihr Nüsse?»

«Nein, wir lesen.»

«Ihr macht was?»

«Lesen.»

«Was ist das?»

«Wir lassen uns Geschichten erzählen.»

«Was für Geschichten?»

«Von sprechenden Eichhörnchen, zum Beispiel.»

Es sah mich verblüfft an.

«Es gibt sprechende Eichhörnchen?», fragte es. Ich sagte: «Ja, manchmal.»

Das Eichhörnchen sagte: «So was glaub ich einfach nicht» und sprang davon.

Ich rannte noch einmal um die große Wiese herum, und ich hatte das Gefühl, als säße das Eichhörnchen oben im Baum und sähe verächtlich auf mich Lügnerin herab.

Wanda und Wladimir

Ich will dir die Geschichte von Wanda und Wladimir erzählen. Sie wohnten im Sommer in Sibirien und im Winter hier in der Nähe an einem See. Sie waren, bis Wanda starb, ein Paar. Ein Schwanenpaar. Schwäne. Und wenn Schwäne lieben können, dann liebten sie sich. Und wie alle Liebenden eine Geschichte haben, so haben auch Wanda und Wladimir eine Geschichte. Die haben sie mir erzählt.

Es war schon eine ganz besondere Geschichte, ein Wunder sozusagen. Eines Tages, es war, soviel ich mich erinnere, ein ziemlich kalter Märztag, es lag noch da und dort, wo die Sonne nicht hinkam, Schnee, und die Pflanzen lugten erst zaghaft aus der Erde. An diesem Tag sagte ich mir: Fort mit dem Winter, raus aus der warmen Stube, hinaus in die Natur, den Frühling begrüßen! Ich fuhr mit der S-Bahn aus der Stadt hinaus, ging an einen See, setzte mich ans Ufer und sah sie: Wanda und Wladimir, die Schwäne. Erst einmal wusste ich natürlich nicht, dass sie Wanda und Wladimir hießen. Sie waren einfach Schwäne, denn so viel wusste ich von den Tieren, dass ich Hunde von Katzen und Gänse von Schwänen unterscheiden konnte. Was – gib es zu – gar nicht so einfach ist für jemanden, der erst mit der S-Bahn aus der Stadt herausfahren muss, um ein Tier zu sehen. Gut, Hund und Katze, das weiß jeder, wo da der Unterschied ist. Aber frag mal bei uns im Haus, ob man den Unterschied zwischen Gans und Schwan kennt. Du wirst dich wundern. Jedenfalls, die beiden, die offensichtlich ein Paar waren, denn sie waren immer zusammen, kümmerten sich umeinander und rieben manchmal ganz zärtlich die Hälse aneinander. Sie waren so, wie deine Mutter und ich in guten Zeiten, als wir uns noch liebten, auch miteinander waren. Das war, als du noch ganz klein warst. Nun, die beiden Schwäne schwammen anmutig und stolz über den See. Ich schaute ihnen lange zu, und als sie einmal sehr nahe zu mir kamen, sagte ich: «Was seid ihr aber schön!» Ich traute meinen Ohren nicht, als ich plötzlich hörte: «Findest du?» Ich schaute mich um, doch niemand war in der Nähe. Es müssen die beiden gewesen sein, denn es hatten in der Tat zwei Stimmen gesprochen, eine tiefere, männliche, und eine höhere, weibliche Stimme. «Ja», sagte ich aufmunternd, «ihr seid schön und stolz, eine Zierde für diesen See.» Und wieder antworteten die beiden Schwäne. «Das freut uns», sagte die weibliche Stimme. «Ja», sagte die männliche Stimme, «besonders Wanda, meine Frau, ist sie nicht wunderschön?» – «Ja, doch», sagte ich. «Der lange Hals», sagte er. «Hast du je einen so langen Hals gesehen?» – «Nein», sagte ich, «ich glaube nicht.» – «Ach, lass doch, Wladimir, immer diese Komplimente vor fremden Leuten!» Wanda und Wladimir. Ich wusste ihre Namen, und ich verstand die Sprache der Schwäne! Halt! Nein! War es wirklich so? Nein, es war anders: Die beiden weißen Schwäne da draußen auf dem Vorstadtsee sprachen meine Sprache! Jawohl, sie sprachen unsere, meine und deine Sprache. Zugegeben, es klang etwas krächzend, was an den Schnäbeln liegen musste. Weiß der Teufel, wie es klänge, wenn wir einen Schnabel hätten und einen so langen Hals! Aber es war verdammt perfekt, wie sie sprachen, wie sie sich ausdrückten. Gar kein so geringer Wortschatz, würde ich sagen. Wladimir sprach undeutlicher, brummeliger, benutzte aber viele Höflichkeitswörter, wie «gestatten Sie», oder «wenn Sie so freundlich sein würden». Und einmal sagte er sogar «halten zu Gnaden, Sir». Wo er das nur herhatte?! Das war doch kein Russisch! Wanda sprach lässiger, normaler, in der Stimme, wie gesagt, höher, aber mehr so wie unsere Hausmeisterin sprach, wenn du dich an sie noch erinnern kannst. Mein Gott, mir fällt ihr Name nicht mehr ein. Egal. Jedenfalls, Wanda und Wladimir sprachen die Menschensprache. Allerdings, ich erwähne es nur am Rande, denn es hatte einen gewissen Reiz, sie sprachen mit leichtem Akzent. Was heißen soll, sie waren nicht von hier. Später erfuhr ich, dass es ein sibirischer Akzent war. Wir unterhielten uns lange. Und sie erzählten mir ihre Geschichte. Und diese Geschichte will ich dir hier erzählen.

Aber wo fange ich an? Ganz vorne? Wo ist ganz vorne? Wann ist das? Als Wanda oder Wladimir aus dem Ei schlüpften? Oder als ich geboren wurde? Das ist Unfug. Denn es ist ja die Geschichte von Wanda und Wladimir, nicht meine Geschichte. Also spielt es gar keine Rolle in dieser Geschichte, dass und wann und ob ich geboren bin oder nicht. Man kann sogar sagen, dass es auf mich in der Geschichte überhaupt nicht ankommt. Du siehst, es ist gar nicht so leicht zu entscheiden, was in einer Geschichte wichtig und was unwichtig ist und wie und wo und wann man eine Geschichte beginnt.

«Denke erst, dann sprich, überlege erst, was du sagen willst, dann rede, frage dich erst, ob deine Geschichte wirklich interessant ist, dann erzähle sie», pflegte mein Großvater zu sagen, wenn ich zum Beispiel aufgeregt von einem Fahrradfahrer erzählte, der einen Schnurrbart und graue Haare hatte und eine rote Jacke mit gelben Streifen trug und auf der Straße auf einem Fahrrad fuhr und der mein Lehrer war und – und – und …

«Und – und – und – was soll das heißen?», fragte der Großvater. Ich hatte vergessen, dass ich eigentlich erzählen wollte, dass dieser Radfahrer, der unser Lehrer war, betrunken in den Straßengraben gefahren war.

Der Großvater hatte Recht. Dass der Radfahrer einen Schnurrbart und graue Haare hatte, das war nichts Besonderes, denn die hatte er ja immer, und mein Großvater wusste das, weil er unseren Lehrer, kannte. Und er wusste auch, dass unser Lehrer immer wenn er Fahrrad fuhr, eine rote Jacke mit gelben Streifen trug. «Seht, da fährt er wieder –

wie die Feuerwehr», hatte der Großvater oft kopfschüttelnd gesagt. «Es hätte also», belehrte mich der Großvater, «völlig genügt zu erzählen: Unser Lehrer ist betrunken in den Straßengraben gefahren.» Alles andere wusste man ja. Nicht einmal, dass er mit einem Fahrrad in den Straßengraben gefahren war, musste ich erwähnen, denn unser Lehrer hatte nur ein Fahrrad, es wäre also unmöglich gewesen, dass er mit einem Auto in den Straßengraben gefahren wäre, da er ja kein Auto hatte.

Als ich meinem Vater und meiner Mutter erzählte, dass unser Lehrer betrunken in den Straßengraben gefahren war, sagte mein Vater: «Na und?», und meine Mutter: «Schon wieder.» Erst verstand ich das nicht, doch dann wurde mir klar, dass sie wussten, was ich bis dahin nicht gewusst hatte, dass nämlich unser Lehrer oft betrunken auf dem Fahrrad fuhr und fast immer im Straßengraben landete, sodass die Geschichte nur dann interessant gewesen wäre, wenn unser Lehrer betrunken Fahrrad gefahren und nicht in den Straßengraben gefahren, sondern bis nach Hause gekommen wäre.

Erwachsenen, dachte ich mir, kann man überhaupt keine Geschichten erzählen, denn sie wissen schon alles.

Als uns allerdings unsere Tante Elise, wie üblich einmal im Jahr besuchen kam und ich ihr erzählte, dass unser Lehrer betrunken in den Straßengraben gefahren war, da sagte sie: «Jaja, diese verdammten Autos!»

«Nein», sagte ich, «mit dem Fahrrad, nicht mit dem Auto, er hat gar kein Auto.»

«Junge, das musst du mir sagen, ich kenne doch deinen Lehrer gar nicht», sagte Tante Elise.

Da erzählte ich ihr von unserem Lehrer. Alles was ich wusste. Von seinen grauen Haaren, dem Schnurrbart und der roten Jacke mit den gelben Streifen sowieso. Aber auch von seinem Unterricht und seinem Rasierwassergeruch und von seiner dünnen, traurig aussehenden Frau. Und von seinen Leserbriefen in der Lokalzeitung, die meinen Vater so ärgerten, erzählte ich, und von den Gedichten, die er schrieb, und die Namen seiner sieben Kinder sagte ich der Tante auch. Die fand das alles sehr interessant, während meine Mutter teilnahmslos dasaß und des Öfteren gähnte, und mein Vater, kaum hatte ich zu erzählen begonnen, hinausging, um «drüben», wie er sagte, «noch ein Bierchen zu trinken». Ich wusste, dass er viele so genannte «Bierchen» «drüben» trank und den anderen allen, die dort ebenfalls viele solche «Bierchen» tranken, immer wieder die Geschichten aus dem Krieg erzählte, wo es ihm im Gegensatz zu anderen sehr gut gegangen war, weil er immer, wie er triumphierend sagte, gerade da war, wo der Krieg gerade nicht war. Warum die anderen, die da ihre «Bierchen» tranken, vom Vater immer wieder dieselben Geschichten hören wollten, während er nicht haben konnte, dass ich noch einmal von meinem Lehrer Dinge erzählte, die er schon wusste, das verstand ich damals nicht. Heute glaube ich, die Männer «drüben» konnten sich nicht vorstellen, warum für meinen Vater der Krieg schön gewesen war, während er für sie alle entsetzlich war, weil er ihnen Beine oder Arme oder die Jugend oder Verwandte oder Häuser oder die Heimat weggenommen hatte. Und weil sie sich das, was mein Vater erzählte, nicht vorstellen konnten, und weil sie es vielleicht auch nicht glauben wollten, hörten sie ihm immer wieder zu. Und die meisten schwiegen. Was sie zu erzählen gehabt hätten, hätte vermutlich neben den Geschichten des Vaters sowieso nicht bestehen können.

So tranken sie schweigend ihre «Bierchen» und hörten meinem Vater zu. In der Gegend, wo ich aufgewachsen bin, trinkt man das Bier übrigens aus großen Gläsern, sodass, das habe ich schon als Kind gemerkt, die Bezeichnung «Bierchen» eine maßlose Untertreibung ist. Aber ich kann mich erinnern, dass alle Männer, wenn sie damals ins Wirtshaus gingen, zu ihren Frauen sagten, sie würden jetzt hinübergehen und «ein Bierchen trinken». Sie sagten «ein Bierchen», dabei tranken sie ganz viele, und hätten sie mit dem Fahrrad fahren müssen, wären sie genauso im Straßengraben gelandet wie unser Lehrer.

Mein Großvater, der heute dein Ur-Großvater wäre, und der der Vater meines Vaters war, hatte den Krieg nicht «draußen», wie mein Vater das nannte, erlebt. Er war für jenen Krieg schon zu alt gewesen – und für den Krieg vor diesem Krieg zu jung. Darum erzählte der Großvater, wenn er erzählte, nie vom Krieg. Und wenn mein Vater zu Hause davon erzählte, was er oft tat, dann ging der Großvater hinaus, hackte Holz, fütterte die Kaninchen oder zupfte das Unkraut aus den Gemüsebeeten.

Wenn mein Großvater erzählte, dann musste ich sehr gut aufpassen, damit ich alles begriff. Denn wenn du denkst, dass sich der Großvater selbst an das gehalten hätte, was er mir sagte, von wegen «denk erst, dann sprich, überlege erst, was du sagen willst …» und so, dann täuschst du dich. Nichts davon!

Der Großvater pflegte zum Beispiel zu sagen: «Heute erzähle ich euch die Geschichte vom besten Zauberer, der mir je begegnet ist. Er hieß Bardolino oder so ähnlich und verzauberte eines Tages seine Frau in einen Leuchtturm.» Die Großmutter lachte, und ich dachte, ah, die kennt die Geschichte schon. Meine Mutter sagte, «ach du immer mit deinen verrückten Geschichten», und der Vater sagte, «ich geh drüben noch ein Bierchen trinken», und er ging. Der Großvater aber erzählte. Er erzählte von der Zeit, da er noch ein Kind war. Es war die Jahrhundertwende, und der Großvater war gerade einmal drei Jahre alt, das jüngste von fünf Kindern. Natürlich war der Großvater damals noch nicht Großvater. Nicht einmal sein Vater war zu der Zeit schon Großvater. Aber der Vater des Vaters meines Großvaters war damals schon Großvater. Ach, ich komme damit immer durcheinander. Es ist ja auch nicht einfach. Jedenfalls, am 31. Dezember 1899 nahm der Vater des Großvaters, der also mein Urgroßvater war, den kleinen Großvater, die Mutter und die anderen vier Kinder, alles Jungs, ging mit ihnen auf einen Hügel und erwartete das Jüngste

Gericht. Denn der Vater des Großvaters glaubte, dass mit dem Ende des Jahrhunderts auch die Welt zu Ende wäre. Als aber bis in den Vormittag des 1. Januar 1900 hinein die Welt wider Erwarten nicht unterging, ging er mit seiner Familie wieder in sein Haus, erfand eine Maschine, mit der man nasse Wäsche trocknen konnte, gründete eine Firma, bekam mit seiner Frau noch vier Söhne und eine Tochter und war zufrieden.

«Und der Zauberer», sagte ich.

«Was für ein Zauberer?», fragte der Großvater. «Ich kenne keinen Zauberer. Kind, was redest du von einem Zauberer?»

Der Großvater erzählte weiter. Vom Kaiser erzählte er, den es damals noch gab, und vom Zaren in Russland erzählte er und von der langen Eisenbahn, die von Deutschland bis nach Peking in China führte und für die sein Vater, nachdem er sein ganzes Geld mit der Maschine zum Trocknen von Wäsche verloren hatte, Brücken baute. Und wie er die Großmutter, seine spätere Frau, kennen lernte und wie er nach Amerika gehen wollte, erzählte er. Und dass er einmal sogar in Amerika war, erzählte er, mit allen seinen Brüdern und seinen Eltern und mit seiner Frau, der Großmutter. Die Großmutter lachte, denn sie wusste wie ich, dass er nie in Amerika war, dass seine ältesten vier Brüder und sein Vater im Krieg in Frankreich umgekommen waren, dass er die Großmutter erst nach diesem Krieg kennen gelernt hatte und dass niemand aus unserer Familie je in Amerika war.

Der Großvater ließ sich nicht beirren. Er erzählte von den Indianern, die er besucht hatte, von Chicago und New York, von Texas, wo, als er gerade auf der Straße ging, ein Schuss fiel und ein Präsident erschossen wurde.

Da merkte ich, dass der Großvater in seinen Geschichten alle Dinge durcheinander brachte. Die Dinge, die geschahen, als er jung war, die Ereignisse, von denen er nur gelesen hatte, das, was gerade aktuell passierte, zu der Zeit, da ich ein Kind war und er mein Großvater. Alles das brachte er durcheinander. Was er gelesen hatte, glaubte er, erlebt zu haben, was er erlebt hatte, fiel ihm nicht mehr ein, seine Erinnerung war ein Sieb. Aber er erzählte, und ich wollte, je mehr er sich in seinem Geschichtennetz verhedderte, umso weniger ins Bett. Ich wollte und konnte ihm stundenlang zuhören. Und die Großmutter konnte das auch. Aus Liebe zu ihm, vermutete ich später. Sie muss ja alle diese Geschichten in allen erdenklichen Abwandlungen gekannt, tausendmal gehört haben. Denn der Großvater redete fast unaufhörlich. Nur wenn mein Vater vom Krieg erzählte, schwieg er, wie gesagt. Oder er hackte draußen Holz.

Ehe ich damals begriff, wie durcheinander Großvaters Geschichten geraten waren, pochte ich stets auf die angekündigte Geschichte. «Du wolltest von dem Zauberer Bardolino erzählen, der –»

«Ah», rief der Großvater aus, «ja, der Zauberer! Gott, dass ich ihn vergessen habe! Wie hieß er doch gleich? Pedrino hieß er, ja, Felice Pedrino, ich hab ihn damals in Alaska getroffen. Ein wunderbarer Zauberer. Ein Baum von einem Mann. Groß, schnauzbärtig, solche Muskeln, Hände wie Klodeckel – und konnte eine Stecknadel verschlucken und sie aus der großen Zehe wieder herausziehen. Das mach mal nach!»

«Lieber nicht», sagte die Großmutter.

«Oh, was haben wir getrunken, damals in Alaska. Alaska, ja – weißt du, wo das ist, mein Junge?»

«Du wolltest von dem Zauberer erzählen, der seine Frau in einen Leuchtturm verzaubert hat.»

Der Großvater dachte nach, suchte in seinen

Erinnerungen oder dem, was er dafür hielt, und sagte schließlich seufzend: «Jaja, die Frauen sind Leuchttürme, und die Männer sind Seeleute, und die Frauen leuchten an Land, und so finden die Seeleute immer wieder den Weg nach Hause. Das ist der große Zauber des Lebens. Überhaupt, das Leben, mein Junge, das ist so eine Sache, ach, ich könnte dir Geschichten erzählen ...!»

Dann war es meistens Zeit, dass der Großvater und ich ins Bett mussten.

Ich liebte die Geschichten des Großvaters, die keine Geschichten und doch Geschichten waren. Ich begriff durch den Großvater, dass es überhaupt nicht darauf ankommt, ob Geschichten wahr sind. Gut erfunden müssen sie sein. Was mein Vater erzählte, war alles wahr. Wenn er erzählte, dass er am 2. September 1939, an dem Tag, als der Krieg ausbrach, mit Freunden auf einer Fahrradtour durch den Schwarzwald war, dann konnte er nicht nur alle Beteiligten noch namentlich und sogar mit ihrem Geburtsdatum nennen, er wäre sogar in der Lage gewesen, einige von ihnen heute noch als Zeugen aufzubieten, dafür, dass er am Tag des Kriegsanfangs auf einer Fahrradtour im Schwarzwald war.

«Es war am Vormittag sonnig, gegen Abend

kam Regen auf, wir wurden am Ende auf den letzten acht Kilometern noch nass», sagte er. Und du kannst alles darauf wetten, dass es genauso war. Und wenn er sagte, dass es Speck und Essiggurken gab, von denen er zweieinhalb gegessen habe, Martin Semmelmeier, geboren am 25. Mai 1921 in Hammelburg, dagegen vier Stück, dann stimmte das auch, obwohl es niemanden interessierte.

Ehe ich endlich zu der Geschichte von Wanda und Wladimir komme, will ich noch über meine Großmutter und meine Mutter reden. Meine Großmutter war eine kleine, zierliche Frau, und sie hatte wie eine Bilderbuch-Großmutter graue Haare, im Nacken zu einer Kugel gebunden. Dutt, nannte man das. Sie konnte sehr gut erzählen, und sie brachte auch nicht wie der Großvater alles durcheinander. Wenn ich zur Großmutter sagte, «erzähl doch mal, wie das war, als du den Großvater kennen gelernt hast», dann sagte sie: «ach, das ist schon so lange her, da kann ich mich kaum mehr erinnern, er war einfach eines Tages da, und wir haben geheiratet, wie alle anderen Leute auch – außerdem war er damals noch gar nicht Großvater», sagte sie lachend. Ihr Leben sei, sagte die Großmutter, zu uninteressant, um daraus Geschichten zu erzählen. Wenn die Großmutter also Geschichten erzählte, dann waren das Geschichten von anderen Menschen, von Menschen, die sie mal kannte, von denen sie sagen gehört hatte, wie sie es nannte.

«Ich hörte mal von einer jungen Frau sagen», erzählte sie, «von einer jungen, gerade achtzehnjährigen Frau. Sie war sehr verliebt in einen jungen, stattlichen Mann. Doch der beachtete sie nicht. Sie dachte sich tausend Sachen aus, seine Aufmerksamkeit zu erregen. Sie zog sich besonders schön an, steckte sich eine Blume ins Haar, lächelte ihn an, suchte das Gespräch mit ihm, tat alles, um oft in seiner Nähe zu sein. Wenn sie verreiste und zurückkam, dann beachtete er sie nicht mehr, als wenn sie gar nicht weg gewesen wäre. Und wenn sie sagte, dass sie eine Reise gemacht hätte, dann fragte er sie nicht einmal, wo sie war und wie lange. Und einmal traf sie ihn am Morgen nach einem heftigen Unwetter, und sie erzählte ihm, dass es bei ihnen im Garten einen Baum, einen riesengroßen Baum umgeknickt hätte, mit mehreren Vogelnestern darin, so hätte es gestürmt. Er nickte, sagte nichts dazu und fragte dann: ‹Hat es bei Ihnen gestern auch so gestürmt?› Oh, wie liebte sie ihn! ‹Er ist verrückt›, sagten die Schwestern der jungen Frau. ‹Er ist nicht von dieser Welt, ein Träumer, ein Nichtsnutz›, sagte ihr Vater. Sie aber liebte ihn. Er dagegen ließ nichts in dieser Richtung erkennen. Und als sie schon dachte, er würde sich nie für sie interessieren, da sagte er eines Tages zu ihr: ‹Meine Schöne›, sagte er, ja, ich weiß es ganz genau, er sagte ‹meine Schöne›», sagte die Großmutter, «‹meine Schöne, jetzt kennen wir uns schon so lange, jetzt sind wir uns schon so oft begegnet, jetzt wissen wir so viel voneinander, möchten Sie meine Frau werden?› Die junge Frau war überrascht, da der junge Mann sie doch, wie sie glaubte, gar nicht beachtet hatte. Sie war trotzig und fragte den jungen Mann: ‹Wer sind Sie überhaupt?› – ‹Ich bin›, sagte er, ‹der junge Mann, von dem Sie annehmen, dass er sie gar nicht beachtet. Aber Sie täuschen sich. Ich liebe sie nämlich.› Da war die junge Frau sehr froh, heiratete den jungen Mann, und sie wurden sehr glücklich miteinander, obwohl die Schwestern und die Eltern der jungen Frau nicht aufhörten, gegen den jungen Mann, ihren Mann, zu hetzen und Intrigen zu spinnen.» Am Ende der Geschichte seufzte die Großmutter.

«Woher weißt du das alles so genau, wo du doch die junge Frau gar nicht kanntest?», fragte ich.

«Ach, ich hatte eine sehr enge Freundin, die war wiederum die engste Freundin dieser jungen Frau, und die hat es mir erzählt. So, Schluss jetzt mit den Geschichten!»

Ich habe schon sehr früh begriffen, was du dir sicher auch schon gedacht hast, dass die Großmutter selbst die junge Frau war. Sie hatte so den Großvater kennen gelernt. Ich habe es ihr nie gesagt, aber ich habe es immer durchschaut, wenn die Großmutter Geschichten von fremden Leuten erzählte und es doch ihre Geschichten waren. Sie wollte einfach nicht von sich erzählen. Sie wollte, dass ihre Geschichten Geschichten von anderen Menschen sein sollten. Vielleicht konnte sie so der Wahrheit eher Unwahrheiten hinzufügen, die Geschichten verändern, wie das der Großvater bedenkenlos tat, auch wenn er von sich erzählte: «Als ich seinerzeit in Amerika war …» Und er war doch nie dort.

Wanda und Wladimir, die Schwäne, deren Geschichte ich dir nun endlich erzählen will, erinnerten mich sehr an meine Großeltern. Er, der umschweifige, übertreibende, es mit der Wahrheit nicht so ernst nehmende Mann, sie, die Zaghafte, die lieber von anderen als von sich erzählte. «Es war einmal in Sibirien ein sehr schönes Schwanenmädchen», fing sie zum Beispiel eine Geschichte an. «Das ist sie, schau sie dir doch an, man sieht es doch immer noch, wie schön sie war und ist», rief Wladimir. Wanda errötete dann meistens, was bei Schwänen übrigens sehr selten ist.

Meine Mutter erzählte keine Geschichten, solange ich ein Kind war. Nicht über sich und ihr Leben, nicht über andere. Wenn jemand fragte, «wie war das eigentlich, als ihr das Haus gebaut habt?», schaute meine Mutter Hilfe suchend meinen Vater an, der dann eine großwichtige Miene aufsetzte und sagte: «Am vierten April 1952 gingen wir am Nachmittag um sechzehn Uhr zum Notar und kauften für den Preis von eintausenddreihundertundsechsundzwanzig Mark die eintausenddreihundertundsechsundzwanzig Quadratmeter Baugrund, was ein Preis von einer Mark pro Quadratmeter ist. Damals ein guter Preis, heute legt man ein Vielfaches dafür hin. Es war ein regnerischer Tag, und wir hatten den Schirm vergessen. Es war ein sehr gutes Geschäft, und mein Weitblick wurde in den Folgejahren durch einen enormen Wertzuwachs belohnt ...» Und so weiter. Der, der meine Mutter, warum auch immer, nach diesem Haus gefragt hatte, entkam meinem Vater nicht, und er war nach einem etwa einstündigen Vortrag umfassend über uns und unser Haus informiert. Er kannte die Kreditbedingungen, die mein Vater der Bank abgerungen hatte, er wusste von der Höhe der Zinsen, den Bausparvertragsprämien und von den Steuervorteilen. Und vieles mehr.

Gut, meine Mutter hätte dem Fragenden diese Details, Preise, Grundstücksgrößen und dergleichen gar nicht sagen können. Aber auch wenn jemand meine Mutter fragte, wie sie denn ihren Vater, der sehr früh gestorben war, in Erinnerung hätte, antwortete mein Vater: «Er war ein grässlicher Tyrann, ein Geizkragen, kleinlich und hinterhältig, kurz: ein wertloser Mensch.» Meine Mutter schwieg, und so erfuhr ich als Kind über meinen Großvater mütterlicherseits nicht mehr als das, was mein Vater von ihm hielt, nämlich nichts. Erst als mein Vater gestorben war – du warst da schon auf der Welt –, begann meine Mutter zu erzählen. Notgedrungen musste sie nun selbst auf Fragen antworten. Doch dabei blieb es nicht. Sie erzählte, kannte Geschichten, lernte es sogar, Geschichten einfach zu verändern und Spaß daran zu haben. «Mein Vater», sagte sie eines Tages, «war ein ganz sanfter, wundervoller Mensch. Ich habe ihn als Kind sehr geliebt. Aber es zog ihn immer in die Ferne. Er wollte nicht wie meine Mutter an einem Ort bleiben. Er reiste durch die ganze Welt, lernte alle Sprachen aller Länder, in die er reiste. Und wenn ich als Kind sagte, ‹Vater, wie spricht man in Kairo?›, dann sprach er, wie man in Kairo spricht. Und wenn ich sagte, ‹Vater, wie macht ein Krokodil?›, dann machte er vor, wie ein Krokodil macht. Aber eines Tages kam er von einer dieser Reisen mit einer jungen Frau zurück, die er, nachdem er sich von meiner Mutter hatte scheiden lassen, heiratete. Von da an reiste er nicht mehr. Und weil er nicht mehr reiste, hatte man nicht mehr den Eindruck, dass er noch lebte. Wenn ich sagte, ‹Vater, wie spricht man in Kapstadt?›, dann sagte er: ‹Ich weiß es nicht mehr, ich habe es vergessen.› Und wenn ich fragte, ‹Vater, wie machen die Straußenvögel?›, dann sagte er: ‹Ich bin lange keinem Straußenvogel mehr begegnet, ich weiß es nicht mehr.› Ich sah ihn nur noch selten, und nach ein paar Jahren war er tot.»

«Vater mochte ihn nicht, erinnere ich mich», sagte ich.

«Er kannte ihn ja nicht. Er hatte ja nur von ihm gehört, durch meine Mutter, die sehr verbittert war», sagte meine Mutter und sprach ganz schnell von anderen Dingen. Aber sie sprach, erzählte, hatte Geschichten! Geschichten aus ihrem Leben. Und in diesen Geschichten kam mein Vater nicht vor.

Nur ein Mal hörte ich sie sagen: «Ach, ich weiß noch, als mein Mann und ich das Grundstück kauften! Es war, glaube ich, 1949. Jedenfalls war es ein warmer, schöner Sommertag. Ich hatte mein erstes Nachkriegssommerkleid an. Wir gingen zum Notar und unterschrieben einen Vertrag. Die Kaufsumme weiß ich nicht mehr. Ich weiß nur, dass sich mein Mann noch nach zwanzig Jahren darüber ärgerte, dass der Preis zu hoch war, da das Grundstück überhaupt nicht im Wert stieg. Es wurde nämlich später die Straße ausgebaut, und es war sehr laut. Keiner hätte das Haus haben wollen. Ich mochte das Haus nie. Es hat uns nur Unglück gebracht, es hat unser Erspartes und mein Erbe aufgefressen, ich hasse das Haus. Das Sommerkleid habe ich neulich noch einmal in der Hand gehabt. Gott, was man damals trug!»

Du wirst mir sicher zugeben, dass es nicht einfach ist zu entscheiden, ob mein Vater die Geschichte dieses Hauses wahrheitsgetreu erzählt hat oder meine Mutter. Es ist völlig egal. Es gibt ihre Wahrheit und seine, und es kann sein, dass seine Wahrheit damals auch ihre war, und dass sie heute eine andere Wahrheit hat. Denn auch die Wahrheit ist nicht immer die Wahrheit. Die Menschen, von denen du dir sicher bist, dass sie die Wahrheit erzählen, werden am langweiligsten sein. Die Wahrheit ist immer nur die Wahrheit dessen, der behauptet, dass die Wahrheit, die er sagt, die Wahrheit ist. Oder so.

Ist dir übrigens schon mal aufgefallen, dass viele Menschen Tieren ähnlich sehen? Mein Onkel Karl, den du nicht mehr gekannt hast, war ein Bär. Nein, er war kein Bär. Er sah aus wie ein Bär. Und ich glaube, weil er so aussah wie ein Bär, benahm er sich auch wie ein Bär. Oder vielleicht sah er aus wie ein Bär, weil er sich benahm wie ein Bär. Mein Vater war ein Habicht. Meine Oma war eine Ente. Ich, sagen manche, bin wie ein Schweizer Sennenhund. Deine Mutter, glaube ich, hat das erfunden. Immer wenn ich einen Schweizer Sennenhund sehe, schaue ich ihn lange an und frage mich, was hat er von mir, was habe ich von ihm, sehen wir und sind wir uns wirklich ähnlich, würden wir uns verstehen? Nun ist ein Schweizer Sennenhund nicht wie der andere. Ich weiß auch nicht, welchen oder wie viele Schweizer Sennenhunde deine Mutter kannte, dass sie zu diesem Urteil kam.

Manchmal glaube ich, sie kannte überhaupt keinen und dachte nur, die müssten so aussehen und sein wie ich.

Sein und Aussehen. Auch das sind ja wieder zwei ganz verschiedene Dinge. Ein Mensch kann aussehen wie ein anderer Mensch oder auch wie ein Tier. Er muss aber doch nicht auch so sein. Erst wenn ein Mensch aussieht wie zum Beispiel ein Schwan, und wenn er dann auch ist wie ein Schwan, dann ist der Vergleich überhaupt erst sinnvoll. Meine Oma sah nicht nur aus wie eine Ente, sie war eine Ente. Sie gackerte wie eine Ente, sie pickte in allem herum wie eine Ente, sie watschelte wie eine Ente. Oma Ente, die Entenoma. Dass ein Mensch so aussehen oder sein kann wie ein Schwan, das glaube ich, seit ich Wanda und Wladimir kenne, nicht mehr. Ich stelle mir immer vor: Wie wäre es, wenn ich das und das wäre? Wie wäre es, wenn ich ein Schwan wäre? Wie wäre ich als Schwan?

Was wäre ich für ein Schwan? Einer wie Wladimir?

Wenn ich ein Schwan wäre, lebte ich jedenfalls auf einem schönen See, schwämme majestätisch hin und her und her und hin, wohin ich gerade wollte. Die Menschen würden mich füttern und fotografieren. Im Winter hätte ich viel damit zu tun, mich zusammen mit den Enten so viel zu bewegen, dass der See nicht zufröre. Als Schwan wäre ich immer im Freien. Ich wäre ein freier Mensch. Nein, ein freier Schwan. Brächte man mich zum Beispiel in einen Zoo, ich flöge einfach über den Zaun, zurück zu meinem See, zu den Kollegen und den Touristen, denen ich als Fotomotiv fehlen würde. Gut, im Zoo wird auch tüchtig fotografiert, aber gäbe es im Zoo einen Schwan, niemand würde ihn fotografieren. Da gibt es andere Tiere, seltenere, Pelikane, Kormorane, mit denen ich verwandt wäre, wäre ich ein Schwan. Diese Wichtigtuer unter meinen Verwandten! Nein, im Zoo möchte ich nicht leben müssen, nicht einmal als Schwan, oder besser gesagt: schon gar nicht als Schwan.

Wenn ich zum Beispiel ein Känguru wäre, dann lebte ich auch nicht in einem Zoo. Wie denn auch, da ich doch mit einem Sprung schon außerhalb des Zoos, auf einer belebten Straße, einem Park, einem Platz, in einer Fußgängerzone oder auf einem Hochhaus landen würde! Nein, als Känguru lebte ich in Australien, wo Kängurus leben. Ich spränge mit großen, mächtigen, weit ausholenden Sätzen herum, von einem Ende des Kontinents zum anderen. Doch, ich hab mir das mal auf einer Karte angesehen. Ich glaube, das sind etwa zehn, allenfalls zwölf große Sprünge von Küste zu Küste. Sollen es meinetwegen fünfzehn sein, ich will mich da nicht streiten. Aber genau genommen, also wenn ich es mir genau überlege, dann wäre ich gar nicht so gern ein Känguru. Immer diese Herumspringerei. Immer springen, nie einfach so dahinspazieren. Nie schreiten oder schlendern, vom Radfahren will ich gar nicht reden. Und statt im Kinderwagen die Kinder herumzufahren, immer die ganze Bande im Beutel herumschleppen! Und das alles in Australien! So weit weg, am anderen Ende der Welt, wo ich mich nicht auskenne, wo ich mich doch gar nicht zurechtfinden würde, da ich doch noch nie dort war! Und wo sie eine Sprache sprechen, die ich gar nicht verstehe, die nicht einmal mein Großvater mütterlicherseits, der mit den vielen Sprachen, verstanden hätte. Obwohl, ein

Känguru in Australien, das ja dort zu Hause wäre, spräche die Sprache, die dort gesprochen wird. Vielleicht. Und es würde sich vielleicht sogar zurechtfinden. Darüber muss ich immer wieder nachdenken, wie das eigentlich ist und wäre und sein könnte, wenn. Wenn! Wenn ich zum Beispiel ein Tiger in Indien wäre, würde ich dann einen Inder verstehen? Sehen wir einmal davon ab, wie es wäre, wenn ICH Tiger in Indien wäre. Reden wir einfach einmal von einem normalen Tiger in Indien. Versteht der einen Inder? Wenn jetzt also, sagen wir einmal, ein Inder des Wegs kommt und sagt zu einem Tiger, der gerade am Straßenrand steht, «hey, Tiger, wo geht's denn hier nach Bangkok?», zeigt dann der Tiger mit erhobener Pfote in eine Richtung und sagt: «Da gehst du immer die Straße lang, genau 1425,25 Kilometer geradeaus, dann ganz scharf nach rechts, dann siehst du's schon.» Sagt dann der Inder: «Danke, Tiger, was sagst du, 1425,25 Kilometer geradeaus, dann nach links?»

«Nach rechts, Inder, scharf nach rechts.»

«Ah ja, rechts!»

«Scharf, ganz scharf nach rechts, sagte ich.»

«Ja, danke, Tiger, und einen schönen Tag noch!»

«Ebenfalls, Inder!»

Ich bin mir nicht sicher, dass das so ist.

Ich meine, eins weiß ich sicher, ein Tiger in Indien versteht einen anderen Tiger in Indien. Das ist ganz klar. Wenn also der eine Tiger in Indien einen anderen Tiger in Indien trifft und sagt, «he, Kollege, was machen wir, gehen wir einen trinken oder essen wir eine heilige Kuh?», dann sagt der andere vielleicht: «Nein, ich hab keinen Hunger, aber einen trinken, keine schlechte Idee, ich hab noch eine Kleinigkeit für meine Frau zu besorgen, dann komme ich. Wo gehen wir hin? In die Rialto-Bar?»

«Okay, ich geh schon mal vor.»

Und sie treffen sich in der Rialto-Bar, trinken ein «Bierchen», reden über das eine oder andere, über die Frauen, die Kinder, über die seltsamen Menschen vielleicht auch, die nie den Weg nach Bangkok wissen, und die heilige Kuh bleibt am Leben – und heilig.

Da frage ich mich bei der Gelegenheit, ob eine tote heilige Kuh noch heilig ist? Wer weiß das? Der Papst? Ist der für die Heiligen zuständig? Also so viel ist sicher, die heiligen Menschen waren ja im Gegensatz zu den heiligen Kühen bei Lebzeiten nicht heilig. Sie wurden erst nach ihrem

Tod heilig gesprochen. Die Kühe in Indien sind aber als lebende Kühe schon heilig. Darum dürfen sie nicht gegessen werden – von Indern. Die Tiger, glaube ich, halten sich nicht an das Verbot. Ich glaube, die heiligen Kühe sind auch keine Christen, denn der Papst hätte sicher etwas dagegen, dass Kühe Christen sind. Wir würden dann ja mit jedem Rinderbraten und jeder Roulade Christen aufessen. Nein, das kann der Papst nicht dulden, und diese Gedanken führen auch zu weit.

Jedenfalls, sicher ist, ein indischer Tiger versteht den anderen indischen Tiger, darum können sie sich auch in einer Bar verabreden und miteinander einen trinken. Ob aber ein indischer Tiger eine indische heilige Kuh versteht? Da sagt vielleicht eine indische heilige Kuh zu einem indischen Tiger: «Tiger, du darfst mich nicht fressen, weil ich heilig bin.» Der Tiger versteht das aber nicht und frisst die Kuh. Oder aber, er versteht die Kuh, sagt sich aber, ob die heilig ist oder nicht, ich habe Hunger, also fresse ich die Kuh. Es könnte ja sein, dass die heilige Kuh alle Sprachen aller Tiere versteht, weil sie heilig ist und Heilige alle Sprachen verstehen. Wie der Franz von Assisi zum Beispiel. Der sprach mit den Vögeln, als er noch lebte und noch gar nicht heilig war. Erst nach seinem Tod wurde er heilig gesprochen, weil er sich immer mit den Vögeln unterhalten hat. Du merkst schon, das ist alles sehr kompliziert. Und in dem Moment, wo es um heilige Dinge geht, wird es noch komplizierter. Da geht's dann auch noch um Wunder, und es heißt, dass man Wunder sowieso nicht erklären kann, weil sie ja Wunder sind, denn könnte man sie erklären, wären sie Tatsachen und keine Wunder. Wunder, heißt es, muss man glauben, Tatsachen muss man verstehen. Ich glaube also, dass Franz von Assisi mit den Vögeln gesprochen hat, ich verstehe es aber nicht. Und ich glaube nicht, dass ein Tiger in Indien einen Inder in Indien versteht, der nach dem Weg nach Bangkok fragt. Und vielleicht will der Inder auch gar nicht nach Bangkok, sondern nach Neu-Delhi, was nämlich die Hauptstadt von Indien ist. Und es kann doch leicht sein, dass der Inder in der Hauptstadt etwas zu tun hat. Und in dem Fall, wenn der Tiger den Inder verstehen würde, würde er vielleicht antworten, «in diese Richtung» – und er würde mit der Pfote vermutlich in die Bangkok entgegengesetzte Richtung zeigen und sagen: «526,75 Kilometer, dann halb links, und dann sieht man es schon.»

Allerdings, ganz ehrlich gesagt, ich weiß nicht

einmal, ob es in Indien einen Punkt gibt, von wo aus es 1425,25 Kilometer nach Bangkok und 526,75 Kilometer nach Neu-Delhi sind. Es ist das also alles Quatsch. Und du siehst daran, wie man sich in Geschichten verheddern kann, wenn man vom Hölzchen aufs Stöckchen kommt, wie meine Großmutter immer sagte. Ich kenne keinen Inder, keine heilige Kuh, keinen indischen Tiger, keinen Papst und auch nicht Franz von Assisi. Und ich weiß auch nichts, fast nichts, über Indien, und ich war ja auch nie dort. Mein Großvater mütterlicherseits, der mit den vielen Sprachen, war in Indien, und er konnte auch so sprechen wie die Menschen in Indien. Aber wenn er eine Geschichte über Indien erzählt hätte, dann hätte er alles, was die Inder in seiner Geschichte gesagt hätten, in der Sprache der Inder erzählt, und wir hätten nichts verstanden. Er vergaß nämlich immer wieder, dass wir alle nicht diese Sprachen sprechen und verstehen konnten. Darum hörte dem Großvater mütterlicherseits, als er nicht mehr reiste, aber von den Reisen erzählte, niemand zu, und er war sehr einsam und starb.

Mein Großvater väterlicherseits dagegen, der konnte wunderbar über Indien erzählen. Er, der wie alle anderen in unserer Familie, außer dem

Großvater mütterlicherseits, niemals in Indien war, konnte stundenlang über Indien erzählen.

«Als ich in Indien war», erzählte er einmal, «ich glaube, es war um den 17. September 1913 herum, da lernte ich eines Tages inmitten der Wüste, wir waren von Tigern und heiligen Kühen umzingelt, und ein mächtiger Sandsturm fegte über das Land – es war der schlimmste Sandsturm in Indien seit Menschengedenken, und man sah seine Hand nicht mehr vor dem Gesicht, und wir – das waren dieser Eskimo, von dem ich schon erzählt habe, und mein alter Freund Albert Schwarzeneder, wisst ihr, der, der später mit dem Motorrad verunglückte – oder, Moment, nein, das war ja Fritz Seidler, der mit dem Motorrad bei Kapstadt verunglückte, egal, jedenfalls bestätigten uns die Inder, dass es einen derartigen Sandsturm noch nie gegeben hatte, und die Tiger gruben sich in Löcher ein, nur die heiligen Kühe, denen der Sandsturm wegen ihrer Heiligkeit nichts anhaben konnte, grasten friedlich vor sich hin, wir aber flüchteten in ein Zelt, wo wir einen fast glatzköpfigen dünnen Mann mit einer Nickelbrille vorfanden, der uns gastfreundlich aufnahm. Man trank und aß zusammen, redete über dieses und jenes, über den Krieg und die Raumfahrt, über Bismarck, Karl den Großen und Ludwig Erhard, über die alten Römer und Vogelkunde, über Alaska und Niederbayern, über das Essen hier und dort, über die verschiedenen, in allen Ländern anderen Arten der Hinrichtungen, die wir alle mitsamt verurteilten, und so legte sich der Sandsturm, es ging ein milder Frühlingsregen herunter, die Krokusse blühten auf, Schafe ästen, die ersten Zugvögel kamen aus dem Süden zurück, der Schnee war fast weggeschmolzen, und wir sagten zu unserem Gastgeber, zeig uns dein Land! Während unserer langen Unterhaltung hatte sich eine Katze neben ihn auf einen Zipfel seines weiten togaartigen Kleides gelegt und schlief friedlich. Gebt mir ein Messer, sagte der Mann. Man reichte es ihm, und er zerschnitt sein Kleid so, dass er aufstehen und mit uns gehen konnte, ohne die Katze in ihrem Schlaf zu stören. Man hat ihn dafür später heilig gesprochen, und ein paar Mal hat er mir noch geschrieben, dann traf ich ihn noch einmal, als ich wieder mal bei seinem Zelt vorbeikam, ein andermal war er gerade nicht zu Hause, und so verloren wir uns aus den Augen. Er wird wohl nicht mehr leben, denke ich, obwohl, was weiß man, die Leute werden dort sehr alt.»

Ja, der Großvater kannte die Welt. Und als ich diese Geschichte mit dem Inder und der Katze später in der Schule in einem Lesebuch las, da war ich sehr stolz auf den Großvater, denn ich dachte mir, was ist mein Großvater doch für ein berühmter Mann, dass die Geschichten, die er erlebt hat, in den Lesebüchern stehen.

Aber ich wollte dir ja die Geschichte von Wanda und Wladimir erzählen. Sie wohnten im Sommer in Sibirien und im Winter hier in der Nähe an einem See. Sie waren, bis Wanda starb, ein Paar. Ein Schwanenpaar. Und wenn Schwäne lieben können, dann liebten sie sich. So wie deine Mutter und ich uns einmal liebten. Und wie alle Liebenden eine Geschichte haben, so haben auch Wanda und Wladimir eine Geschichte. Die haben sie mir erzählt. Und ich werde sie dir erzählen. Aber nicht mehr heute. Es ist spät geworden. Du musst nach Hause. Grüß deine Mutter und sag ihr, ich bin in Gedanken oft bei euch.

Liebesgeschichte

Mein erster war ein richtiger Herr. Er war schon etwas älter und hatte einiges hinter sich, auch eine andere lange Beziehung. Er wusste immer, was sich gehört. Gut – er war schon etwas fülliger, als er in mein Leben trat, seine Vorige muss sehr gut gekocht haben. Ich war ihm sofort verfallen, denn er strahlte so eine gewisse gelassene Würde aus, er beruhigte mich, machte mich sicher. Er ging morgens aus dem Haus, und ich kam nie so ganz dahinter, was er eigentlich tagsüber machte, aber er kam pünktlich zu den Mahlzeiten zurück, er war zärtlich zu mir, ich hatte keinen Grund, mich zu beklagen. Ich war noch sehr unerfahren, damals. Einmal, als ich vor der Haustür stand und auf ihn wartete, sagte eine Nachbarin zu mir: «Sie suchen ihn? Ich glaube, ich habe ihn bei Frau Jungblut gesehen.»

Ich lege noch heute meine Hand dafür ins Feuer, dass er nie bei Frau Jungblut war. Im Gegenteil, der von Frau Jungblut war mal bei mir – aber das wäre eine andere Geschichte. Meiner, nein, der wäre für solche Abenteuer gar nicht geschaffen gewesen. Er war ein wenig bieder, das war das Schwäbische an ihm. Ja, er war Schwabe, häuslich, sparsam, bürgerlich. Wenn daheim nicht alles so war, wie er es gewohnt war, wenn zum Beispiel ein Sessel einmal woanders stand, ein Kissen nicht am gewohnten Ort lag, dann waren das Dinge, die ihn verwirrten, verärgerten, und er zog sich zurück und war beleidigt. Diesen Zug mochte ich nicht an ihm. Wir hatten anfangs übrigens auch getrennte Schlafzimmer, aber später nicht mehr, und wir waren alles in allem sehr glücklich zusammen. Aber nicht lange, leider. Um ihn habe ich sehr geweint. Wenn man den Ersten verliert, das ist besonders schlimm.

Mein Zweiter war bedeutend jünger. Eine Art Matrose, er trug gestreift und hatte diesen wiegenden Gang, wie jemand, der nach langer Seereise endlich wieder an Land kommt. Er war sehr wendig, und, das gebe ich jetzt nach all den Jahren durchaus zu, auch ein bisschen windig – ein Luftikus, ein Was-kostet-die-Welt-Typ, immer gut gelaunt, «ob blond, ob braun, ich liebe alle

Frau'n», so einer. Er beflirtete das ganze Viertel, alle Damen sprachen von ihm und sagten: «Mit dem haben Sie aber Glück gehabt», oder «Um den beneide ich Sie direkt, ehrlich gesagt». Aber er, er kam immer wieder zu mir zurück, er gab mir das Gefühl, die Schönste von allen zu sein, und wenn er mich ansah mit seinen funkelnden Augen, dann war ich glücklich. Leider nicht lange – er starb so früh!

Und dann kam mein Dritter. Den vergesse ich nie, was für ein Kerl! Riesig, stark, rothaarig, der hatte Vergangenheit, das sah man ihm an, aber solche haben meist keine Zukunft. Er war zu wild, auch zu wild für mich und mein bürgerliches Leben. Der wollte mehr, der wollte alles. Er hielt sich an gar keine Regeln, an keine Essensgewohnheiten, keine Uhrzeiten, er kam und ging, wie es ihm passte. Oft war er nachts nicht zu Hause, und wenn ich klagend nachfragte, gab er keine Antwort. Er war ein Abenteurer, der sich nicht an gute Sitten und irgendwelche Abmachungen hielt, ein Pirat, ein Routinier der Liebe, und ich wusste: Der würde mir nicht lange bleiben. Aber er blieb doch fast zwei Jahre. Er war egoistisch, selbstbewusst, er verdrängte mich auf Randplätze, die Wohnung gehörte ihm. Er wusste, wie schön er war, und er war so leidenschaftlich! Wenn ihm etwas nicht passte, konnte er auch schon mal zuschlagen, das hatte vor ihm noch keiner getan. Meine Freundin zeigte entsetzt auf meine Wunden und fragte: «Was ist das denn?»

«Das war er», strahlte ich, und da war schon alles längst verziehen. Ich bekam ja nicht nur Hiebe von ihm, sondern auch Liebe, und er genoss sein Leben so – die Mahlzeiten, den Sessel an der Heizung, die wilde Gegend hinter dem Haus.

Er wurde überfahren, wie die beiden anderen auch.

Jetzt lasse ich keine Kerle mehr ins Haus. Ich lebe mit zwei Mädchen. Sie sind etwas dumm, ein bisschen zickig, die eine ist ziemlich dick, aber sie sind häuslich und bleiben bei mir und streben nicht in die wilde, böse Welt hinaus, in der sie dann unter die Räder kommen. Es sind eben keine Kater, sondern Katzen, die sich darüber wundern, dass es weit und breit keine Kater mehr gibt, die mal eben so vorbeischauen.

Das Geheimnis der chinesischen Wäscherei

Herr Berner war ein kleiner, redseliger Mann mit einer etwas zu dick geratenen Nase. Er lebte allein mit seinem Hund Bodo, und das war ein sehr hässlicher Hund, der aber einen guten Charakter hatte. Er war schon alt und konnte nur noch langsam an der Leine hinter Herrn Berner herlaufen, aber Herr Berner war auch nicht mehr der Jüngste und ließ sich mit den Spaziergängen und den Besorgungen Zeit, sodass Bodo ihn ohne Atemnot begleiten konnte. Während sie gingen, unterhielten sie sich. Herr Berner redete über das, was er von der Welt hielt, und Bodo hörte zu.

Herr Berner war seit einigen Jahren verwitwet. Frau Berner, mit der er sich früher so gern über die Welt unterhalten hatte, lag auf dem Zentralfriedhof, und am liebsten besuchte er sie bei strömendem Regen, denn da passte niemand auf, ob er Bodo mit ans Grab nahm. Hunde waren auf dem Zentralfriedhof nicht erlaubt. Am Grab hielt Herr Berner dann mit seiner toten Frau Zwiesprache, mal stumm, mal sprach er direkt zu ihr, je nachdem, wie viel oder wie wenig Menschen auf dem Friedhof waren.

Er kam einigermaßen mit seinem Leben allein zurecht, er konnte sich Bratkartoffeln machen, er wusste, wie man einen Salat zubereitet, und die Wohnung hielt er auch in Ordnung.

Nur mit der Wäsche hatte Herr Berner Schwierigkeiten. Es war kein Problem, die Waschmaschine einzuschalten, aber er wusste einfach nicht, was man zusammen waschen durfte und was nicht, was man schleudern musste und welche Hemden man nicht schleudern durfte, und das Bügeln war ihm gänzlich fremd. Herr Berner legte aber großen Wert auf ordentlich gewaschene und sorgfältig gebügelte Hemden, und es machte ihm zunehmend zu schaffen, dass er damit so gar nicht zurechtkam. An einem regnerischen Oktobertag, als er wieder einmal am Grab seiner Frau stand, sprach er von diesen Schwierigkeiten, bereute es, seiner Frau früher nicht besser bei dieser Art Arbeit zugesehen zu haben und bat schließlich: «Elfriede, gib ein Zeichen. Was soll ich diesbezüglich tun?»

Doch alles blieb stumm, und schließlich machte sich Herr Berner mit Bodo auf den Heimweg. Bodo schielte, und seine Lefzen hingen ein wenig und ließen oft kleine Speichelfäden sehen, die manchmal bis zur Erde reichten. Schön war er wirklich nicht. Er war hässlich, aber für Herrn Berner war es der treue Bodo, und die Schönheit lag eindeutig im Charakter. «Ich bin ja auch nicht schön», dachte Herr Berner und betrachtete auch nach sechsundsiebzig Jahren noch erstaunt seine dicke Nase im Spiegel. «Wie soll ich es da von einem Hund verlangen. Die Natur hat eben ihre eigenen Launen.»

Auf dem Heimweg nahm Herr Berner an jenem stürmischen Regentag nicht den gewohnten schönen Weg an den Schrebergärten entlang, sondern er ging den kürzeren Weg quer durch kleine, dunkle Altstadtgassen, den er sonst eher mied, weil Bodo auch nicht gern auf Kopfsteinpflaster ging. Und so kam er, als hätte ihm Frau Berner doch noch ein verspätetes Zeichen gegeben, an einer chinesischen Wäscherei vorbei. Über der Tür leuchteten sehr hübsche, aber für Herrn Berner unleserliche chinesische Schriftzeichen, und darunter stand in blauen Neonbuchstaben in deutscher Sprache: «Chinesische Wäscherei». Die Fenster waren beschlagen. Innen sah man Männer in weißen Kitteln oder weißen Hosen und weißen T-Shirts, die Wäsche falteten, in weißes Papier verpackten, die an großen Bügelmaschinen Bettwäsche plätteten oder an einer gespenstischen Oberhemdenbügelmaschine wahre Kunstwerke aus vorher noch faltig auf einem Tisch liegenden Oberhemden zustande brachten. Im Fenster stapelten sich Wäschepakete zum Abholen. Herr Berner sah fasziniert zu. Das war die Lösung. Diese chinesische Wäscherei würde ihm helfen, sein Wäsche- und Bügelproblem in den Griff zu bekommen. Warum hatte er diesen fabelhaften Laden nicht schon früher entdeckt! Er war seiner verstorbenen Frau sehr dankbar, dass sie ihn sanft hierher geführt hatte, und beherzt betrat er die Wäscherei. Warme Luft schlug ihm entgegen, ein Geruch von Waschpulver, Wasserdampf und Sauberkeit, und Bodo musste niesen.

Ein freundlicher junger Chinese fragte Herrn Berner sofort nach seinen Wünschen, und Herr Berner erkundete Gepflogenheiten, Termine und Preise der chinesischen Wäscherei und war erstaunt darüber, wie einfach und wie preiswert das alles war: «Morgens gebracht, abends gemacht», war der Slogan des Unternehmens, und die Preise schienen Herrn Berner lachhaft niedrig, gemessen an seiner eigenen Plackerei am Bügelbrett. Ganz abgesehen von den Hemden, die er sich mit seiner falschen Waschmitteldosierung oder dem regelmäßig und tückisch in der Waschmaschine versteckten schwarzen Socken schon verdorben hatte. Außerdem suchte Herr Berner stets nach kleinen Wegen und Zielen, um Spaziergänge mit Bodo machen und vielleicht ein bisschen schwatzen zu können, und diese Altstadtgasse mit einer so ordentlichen Wäscherei auf dem Weg noch dazu zum Zentralfriedhof, den er ohnehin oft aufzusuchen pflegte, erschien ihm als großer Glücksfall. Er versuchte, dem jungen Chinesen diese Überlegungen mitzuteilen, doch er bekam immer nur ein freundliches Nicken und Lächeln, nicht jedoch eine Antwort, sodass er es schließlich aufgab, von Socken, Oberhemden und seiner verstorbenen Frau zu erzählen und sich weiter auf den Heimweg machte, nicht ohne zu versichern, gleich morgen mit einem Paket Wäsche vorbeizukommen, und dann werde man ja sehen, wie man miteinander zurechtkäme, guten Abend.

Schon am nächsten Morgen verstaute Herr

Berner seine schmutzige Wäsche in einer großen Plastiktüte: eine Lage Bettwäsche, vier Handtücher, Unterwäsche, fünf Oberhemden. Er hatte tüchtig zu schleppen, aber in Zukunft, wenn er öfter in die chinesische Wäscherei ging, würden die Pakete kleiner werden und er könnte sich alles besser einteilen.

Wieder kam der freundliche junge Chinese ganz in Weiß – oder war es ein anderer? Sie sahen sich doch alle sehr ähnlich für Herrn Berners im Asiatischen eher ungeübten Blick. Vorsichtshalber kam er noch einmal ausführlich auf sein Witwerdasein und seine Schwierigkeiten mit dem Waschen und dem Bügeln zu sprechen und gab seiner Hoffnung Ausdruck, dass damit nun für alle Zeit Schluss sei dank dieser chinesischen Wäscherei. Man nahm sein Wäschepaket in Empfang. Herr Berner sagte: «Mein Name ist Berner, B-e-r-n-e-r. Otto Berner», und er dachte sich, dass das schwierig werden könnte, denn der Chinese war, soviel er wusste, nicht in der Lage, ein r ordnungsgemäß auszusprechen, und vielleicht hätte er gleich, um es einfacher zu machen, sagen sollen: «Mein Name ist Belnel»? Aber es gab überhaupt keine Schwierigkeiten. Der junge Chinese, dem sich das Lächeln anscheinend unauslöschlich tief ins Gesicht gegraben hatte, schrieb mit kleinen flinken Schriftzeichen schnell Herrn Berners Namen auf Chinesisch auf ein Zettelchen und heftete es an das Wäschepaket.

Herr Berner ging vergnügt mit Bodo zum Friedhof und erzählte seiner Frau von der chinesischen Wäscherei und dass nun alles gut würde, sie könne unbesorgt ruhen.

Am nächsten Tag betrat Herr Berner die Wäscherei, um seine Sachen abzuholen. Er nahm sich vor, geduldig seinen Namen zu buchstabieren, notfalls auch zu sagen: «Mein Name ist Belnel», um dem freundlichen jungen Chinesen die Arbeit zu erleichtern.

Aber wie staunte er, als, kaum hatte er mit Bodo den Laden betreten, auch schon aus einem großen Berg zur Abholung bereitliegender Wäschepakete das seine über die Theke geschoben wurde! Man kannte ihn schon, man wusste ganz offensichtlich bereits seinen Namen, obwohl er erst seit einem Tag Kunde war! Herr Berner war hoch erfreut über diesen Beweis fernöstlicher Aufmerksamkeit und verglich sie insgeheim mit der knurrigen Art der deutschen Kassiererin in seinem Supermarkt. Hier war der Kunde noch König, das merkte er, und hier war ganz offensichtlich er, Herr Berner, ein besonders geschätzter Kunde, denn er hatte sehr wohl den raschen Blick des freundlichen Chinesen auf Bodo gesehen. Man schätzte und erkannte sie beide sofort, das freute ihn, und allzu viel Freude gab es in Herrn Berners Leben nicht mehr.

Heimlich riss er auf dem Heimweg das weiße Papier auf, um zu schauen, ob es auch wirklich seine Wäsche war, die man ihm da ausgehändigt hatte, aber sofort schämte er sich für sein Misstrauen, denn selbstverständlich war alles in Ordnung und, wie er sich daheim überzeugen konnte, mehr als das: in tadelloser Ordnung. Die Hemden erstklassig gebügelt und gefaltet, die Bettwäsche blütenweiß, die Handtücher weich und Kante auf Kante. So musste es sein, und das zu diesem Preis – Herr Berner war so entzückt, dass er beinahe wieder zu rauchen angefangen hätte, aber er hatte Frau Berner noch auf dem Sterbebett versprochen, davon Abstand zu nehmen, weil es die Gardinen gelb machen würde, und dann müsste sie sich im Grabe umdrehen. Die chinesische Wäscherei, da war sich Herr Berner sicher, würde auch mit gelben Gardinen fertig werden, aber es wäre doch nicht recht und letztlich ja auch nicht gesund, also ließ er es und räumte vergnügt seine schöne, fast neue Wäsche in den Schrank.

Über viele Wochen ging nun Herr Berner einmal wöchentlich in die chinesische Wäscherei, brachte Verschmutztes hin und holte Sauberes ab, und immer bekam er unverzüglich, kaum dass er den Laden betreten hatte, aus der großen Anzahl der fertigen Pakete exakt das seine ausgehändigt, und nie irrte sich der Chinese, dabei war es jedes Mal ein anderer, so viel hatte Herr Berner jetzt doch schon herausgefunden. Es gab dicke und schlanke, ältere und jüngere, und sie wechselten sich ab an der Annahmetheke, an der Kasse, am Bügelautomaten, an den Bügelbrettern für Kragen und Manschetten, aber wer auch immer ihn bediente – jeder kannte ihn sofort, wusste ganz offensichtlich: Aha, unser Herr Berner! (oder: Aha, unsel Hell Belnel?) und händigte ihm sein Paket, ohne zu zögern, aus. Das gefiel Herrn Berner am meisten, und er fühlte sich geschätzt, geehrt, gut behandelt. Er fühlte sich wichtig. Und Bodo musste beim Betreten der chinesischen Wäscherei auch schon längst nicht mehr niesen.

Am Tag vor Weihnachten holte Herr Berner wieder sein Wäschepaket ab, und es drängte ihn, diesen freundlichen Chinesen zu danken und ihnen zu Weihnachten eine kleine Freude zu machen, obwohl der Chinese an sich ja vermutlich das christliche Weihnachtsfest nicht begehen würde. Aber sie waren freundlich mit ihm, also wollte er freundlich mit ihnen sein und hatte an eine Tüte deutschen Mandelspekulatius mit einer grünen Schleife einen Fünf-Euro-Schein als Trinkgeld, sozusagen für die Kaffee-, nein, doch wohl eher für die Teekasse gebunden. Das reichte er dem erstaunten Chinesen, der ihm sein Wäschepaket wieder schnell, und ohne eine Sekunde danach suchen zu müssen, aus dem Stapel herauszog. Der gute Mann wollte das bescheidene Geschenk zunächst gar nicht annehmen, doch Herr Berner bestand darauf: «Weihnachten», sagte er, «es ist doch Weihnachten, bitte nehmen Sie das.» Und dann fügte er noch, wie um sich zu bedanken, hinzu: «Ich bin sehr zufrieden mit Ihrer Arbeit, und vor allem wundere ich mich darüber, dass Sie so rasch meinen Namen gelernt und behalten haben. Alle Achtung.» Der Chinese sah ihn fragend an. «Berner», sagte Herr Berner leicht irritiert, «ich bin doch Herr Berner, und Sie alle kennen mich und geben mir sofort das richtige Paket und vertun sich nie. Das gefällt mir.»

«Oh», sagte der Chinese, aber es sah nicht so aus, als hätte er ihn wirklich verstanden. Er nahm das mit einer Stecknadel befestigte Namenszettelchen mit den feinen chinesischen Zeichen vom Paket. Herr Berner bat: «Darf ich das haben? Zur Erinnerung? Ich möchte mir zu Hause mal in Ruhe ansehen, wie mein Name auf Chinesisch geschrieben wird.»

Und er dachte an seinen alten Freund Martin, der im Altersheim lebte und in seinen jungen Jahren Sinologe gewesen war. Den wollte er zum Jahreswechsel wieder einmal besuchen und ihm stolz den Zettel mit seinem, Otto Berners Namen in chinesischen Schriftzeichen präsentieren.

Der freundliche Chinese lachte glucksend, gab ihm das Zettelchen, nahm den Spekulatius, und alle, die im Raum beschäftigt waren, nickten und verbeugten und bedankten sich so herzlich, dass es Herrn Berner schon peinlich war und er es bereute, nicht zehn Euro an die Tüte gebunden zu haben. Aber er konnte sich das ja für das nächste Weihnachtsfest merken.

Am Silvestermorgen fuhren er und Bodo mit dem Bus ans Ende der Stadt, um seinen Freund Martin zu besuchen. Martin saß im Rollstuhl, geistig noch sehr rege, aber körperlich nach einem Treppensturz zu schwach, um allein zu gehen oder sich zu versorgen. Herr Berner erzählte von allem, was draußen in der Welt los war. Martin hörte zu, nickte vielleicht auch bei den langwierigen Erzählungen über die Erhöhung der Abfallgebühren und die Unpünktlichkeit der städtischen Straßenbahnen ein wenig ein. Dann spielten sie eine kleine Partie Karten zusammen, sahen aus dem Fenster, Bodo durfte auf Martins Wolldecke liegen, und schließlich zog Herr Berner triumphierend sein Namensschildchen aus der chinesischen Wäscherei aus der Tasche, reichte es seinem Freund und sagte:

«Kannst du das noch entziffern? Du glaubst nicht, was hier steht.»

Martin putzte seine Brille, nahm das Zettelchen und sah es so lange an, dass Herr Berner schon unruhig wurde und befürchtete, Martin hätte nun mit fast achtzig Jahren doch verlernt, kleine chinesische Schriftzeichen zu entziffern. So lange brauchte er. Dann sah er hoch, sah Herrn Berner kummervoll an und sagte: «Woher hast du das?»

«Aus der chinesischen Wäscherei», sagte Herr Berner. «Jetzt kann ich es dir ja verraten: Es ist mein Name auf Chinesisch, Otto Berner, und sie finden ihn unter allen Paketen immer sofort heraus.»

Er tippte mit Besitzerstolz auf den Zettel. «Herr Berner», sagte er, «das steht da.»

«Nein», sagte Martin und reichte ihm den Zettel zurück, «das steht da nicht. Da steht: «Geschwätziger alter Mann mit dicker Nase und hässlichem Hund.»

Herr Bakker geht zur Bank

Herr Bakker wohnt am Ende des Ortes. Nein. Das stimmt gar nicht. Herr Bakker wohnte am Ende des Ortes, vor zwanzig Jahren, als er pensioniert wurde. Er lebt immer noch in demselben Haus, wie damals. Genau genommen wohnt Herr Bakker seit seiner Geburt in diesem Haus. Aber, wie gesagt, heute liegt dieses Haus nicht mehr am Ende des Ortes. Vor zwanzig Jahren baute sich Herrn Bakkers ältester Sohn Hans auf dem Grundstück hinter Herrn Bakkers Haus sein eigenes Haus. Dann baute dahinter Herrn Bakkers zweiter Sohn Max ein Haus, dann kamen andere dazu, immer mehr Leute, viele, die Herr Bakker namentlich gar nicht mehr kennt. Sie bauten große Häuser mit riesigen Gärten und vielen Garagen, Häuser mit Türmen und Schwimmbädern, Häuser mit mehreren Stockwerken, Häuser, die aussehen wie Ozeandampfer, in denen viele Familien wohnen, die sich untereinander auch nicht kennen. Es wurden immer mehr, und sie bauen immer noch, immer wieder Häuser. Und wenn man also heute sagt, Herr Bakker wohnt am Ende des Ortes, dann ist das völlig falsch. Denn inzwischen kann man sagen, Herr Bakker wohnt mitten im Ort.

Herr Bakker ist schon ziemlich alt. Er hat Söhne, Töchter, Enkel und Urenkel. Als die einmal alle bei ihm waren, war Herrn Bakkers Garten voller Menschen, und man sah keine Blumen mehr und kein Gras. Stattdessen waren Rufe und Gelächter, Reden und Geplauder, Musik und Gesang zu hören, sodass das Eichhörnchenpaar erschrocken in den Nachbargarten flüchtete. An diesem Abend, als alle wieder weg waren, merkte Herr Bakker, wie ruhig er wohnt.

«Haben wir's nicht wunderschön?», sagte er zum Igel, der lautlos durch die Büsche streifte. Der Igel antwortete nicht. Das heißt, er antwortete schon, aber Herr Bakker hörte es nicht.

«Bring mir ein Ei, dann hab ich's wunderschön», sagte der Igel.

Herr Bakker liebt seinen Garten. Er ist nicht groß, nur gerade so groß, dass eine Familie darin Platz hat zum Geburtstagfeiern. Aber so klein ein

Garten auch ist, er macht Arbeit. Manche Menschen, so Herrn Bakkers Nachbar Kögel zum Beispiel, lieben zwar einen Garten, aber nicht die Arbeit, die er macht.

Herr Kögel hat alle Pflanzen entfernt und Gras gesät. Jetzt ist sein Garten, der genauso groß ist wie der von Herrn Bakker, eine Wiese. Die einzige Arbeit, die Herr Kögel mit dem Garten hat, ist, einmal in der Woche die Wiese zu mähen. Herr Kögel nennt seine Wiese, auf der ja keine Blumen und kein Unkraut, keine Gänseblümchen und kein Löwenzahn wachsen, ‹Rasen›.

«Ich mähe heute meinen Rasen», sagt Herr Kögel.

Dann setzt er sich auf einen kleinen Minitraktor und mäht mit lautem Getöse die Wiese, die er ‹Rasen› nennt. Einige Nachbarn sagen, dass diese Höllenmaschine des Herrn Kögel unerträglich laut ist. Das findet Herr Bakker nicht. Er ist überhaupt nicht empfindlich gegen laute Geräusche.

«Ich rase rasant über meinen Rasen», sagt Herr Kögel, der in seiner Freizeit Gedichte, Sprüche und Reden zu Festlichkeiten wie Geburtstagen, Begräbnissen und Hochzeiten schreibt. Er liebt solche Wortspiele. Und wenn ihm ein neues

Wortspiel einfällt, was meistens dann der Fall ist, wenn er biertrinkend auf seiner Terrasse sitzt und seinen frisch gemähten Rasen anschaut, dann ruft er es Herrn Bakker hinüber.

«Das Eichhorn sitzt hier auf dem Baume,
Ersehnt sich dort den Kern der Pflaume!
Es nimmt auch gern die Haselnuss,
Weil Eichhorn ja was essen muss!»

Herr Bakker schaut auf, legt die Hand ans Ohr.

«Was haben Sie gesagt?»

«Schon gut, schon gut, war nicht so toll», ruft Herr Kögel.

Herr Bakker fragt nicht weiter nach. Er hat diesen Vers sehr wohl verstanden, denn Herr Kögel spricht sehr laut. Aber er findet den Vers nicht gut und will nicht darüber lachen. Das weiß auch Herr Kögel, und so weiß er, dass sein Scherz nicht witzig war, wenn Herr Bakker die Hand ans Ohr legt und sagt:

«Was haben Sie gesagt?»

Herr Kögel testet an Herrn Bakker seine Scherze, die er an Menschen verkauft, die Scherze erzählen wollen, denen aber selbst keine einfallen.

«Ein gutes Geschäft», sagt Herr Kögel, denn alle seine Scherze und Wortspiele der letzten

Jahre haben immerhin diesen Traktor bezahlt, auf den er so stolz ist.

«Ein Traktor aus Scherzen», sagt er.

Aber halten wir uns nicht länger bei Herrn Kögel auf. Vergessen wir ihn, um zu sehen, was Herr Bakker heute macht.

Herr Bakker bearbeitet seinen Garten mit Spaten, Rechen und Gartenschere. Jeden Morgen ist Herr Bakker im Garten. Er schneidet die Rosen, lockert die Erde zwischen den Blumenstauden, sammelt Läuse ab, schneidet Blumen und gießt, wenn es nötig ist. So auch heute.

Der Zaunkönig schaut ihm zu.

«Guten Morgen, Herr Bakker!», sagt er.

Aber Herr Bakker hört ihn nicht. Und auch die beiden Amseln, die sich gerade um einen Regenwurm streiten, hört er nicht. Er sieht die Vögel, die Eichhörnchen, den Igel, die Katze einer Nachbarin, aber er hört sie nicht. Nur das laute Gekreische der Elstern hört er und natürlich Herrn Kögel.

Herr Bakker ist schwerhörig. Menschen, die mit ihm sprechen wollen, müssen lauter sprechen als sonst. Und auch den Ton seines Fernsehapparats stellt er so laut, dass seine Tochter einmal sagte: «Was für ein Segen, dass du alleine in deinem Häuschen wohnst. In einer Mietwohnung würdest du Schwierigkeiten mit den Nachbarn bekommen.»

Herr Bakker gibt gerne Widerworte, vor allem, wenn es um diese Schwerhörigkeit geht, die er einfach nicht zugeben, von der er nichts wissen will. Also sagte er schnippisch:

«Da würde ich dann eben nicht fernsehen.»

«Aber wir wollen mit dir sprechen, nicht so schreien, dass selbst Herr Kögel drüben mithört, was wir sagen. Lass dir endlich ein Hörgerät verschreiben.»

«Was sagst du?»

Die Tochter schrie: «Papa, du brauchst ein Hörgerät!»

«Nein, nein, ich kann dich gut verstehen.»

«Aber nur, wenn ich schreie. Und dazu habe ich keine Lust.»

«Dann schrei eben nicht.»

«Dann verstehst du mich nicht.»

«Was hast du gesagt?»

«Nichts!»

So endeten die Gespräche meistens. Die Tochter war entnervt, suchte eine Entschuldigung und ging. Das letzte Mal, es wird zwei Wochen her sein, legte sie einen großen Zettel auf den Boden des Wohnzimmers, auf dem stand:

HÖRGERÄT!

Obwohl das Wort in ziemlich großer Schrift geschrieben war, musste Herr Bakker erst seine Brille aufsetzen, um es zu lesen. Schon wollte er den Zettel verärgert zerknüllen und wegwerfen, da kam ihm ein Gedanke. Er ging auf die Terrasse, sah den im Beet pickenden Amseln zu und dachte nach.

Ich habe eine Brille, dachte er.

Die habe ich schon seit dreißig Jahren. Und hätte ich sie nicht, könnte ich die Zeitung nicht lesen, nicht fernsehen, nicht die Läuse von den Rosen absammeln, nicht die Sträucher schneiden, nicht entziffern, wie lange man die Tütensuppe kochen muss, nicht die Briefe meines Sohnes Paul aus Australien lesen. Und ich habe noch eine zweite Brille. Ohne die könnte ich nicht erkennen, wer auf der Straße vorbeigeht, welcher Bus an die Haltestelle kommt und ob Marianne, die auf der anderen Straßenseite ein Stück weiter oben wohnt, im Garten arbeitet oder auf ihrer kleinen Terrasse sitzt. Und es ist völlig normal, dass man zum Sehen eine Brille hat. Die meisten alten Menschen haben eine Brille, aber auch viele junge. Herrn Bakkers Urenkel Sebastian, der gerade in die Schule gekommen ist, braucht für die ersten Buchstaben, die er schreibt, schon eine Brille.

«Menschen, die schlecht sehen, brauchen eine Brille», sagte Herr Bakker laut.

Erschrocken schauten ihn die Amseln an.

«Und Menschen, die schlecht hören, brauchen ein Hörgerät», sagte er, und das Eichhörnchen fasste sich an den Kopf und sagte: «Menschen ja, Hörnchen nicht.»

Und warum, dachte Herr Bakker, sollte ein Hörgerät, gegen das er sich so sehr wehrt, nicht genauso etwas Normales sein wie eine Brille? Haben die Amseln nicht gerade zu ihm hochgeguckt und die Schnäbel bewegt? Sie haben etwas gesagt, und er hat es nicht gehört.

Das musste sich ändern.

Am nächsten Tag ging Herr Bakker zu einem Ohrenarzt. Der schaute in seine Ohren, spielte Herrn Bakker Töne vor und ließ ihn auf eine Taste drücken, wenn er die Töne hörte. Da waren tiefe Töne, wie das Brummen von Bären, die hörte Herr Bakker ganz gut. Aber die hohen Töne, die wie das Zwitschern der Vögel waren, hörte er nicht.

«Sie brauchen ein Hörgerät», sagte der Ohrenarzt.

«Wenn es denn sein muss», sagte Herr Bakker.

Ein so genannter Hörakustiker nahm einen Abdruck vom Inneren der Ohren des Herrn Bakker. Er erklärte und zeigte, dass man dieses Innenohrgerät gar nicht sehen würde und dass es ein Wunder der modernen Gehörtechnik sei, ein Computer, der alle Geräusche, alle Töne, Musik, Autolärm, Stimmen, für Herrn Bakker so aufbereite, dass es für ihn angenehm sei, nicht zu laut und nicht zu leise.

«Jaja, wir fahren nicht nur auf den Mond, wir erfinden auch Brauchbares zum Segen der Menschheit», sagte der Hörakustiker, und er zeigte Herrn Bakker eine kleine Sammlung von Hörgeräten der letzten hundert Jahre. Da gab es riesige Hörrohre, seltsame, an den Kopf geschnallte Muscheln, Brillen mit eingebauten Geräuschverstärkern, Geräte, die hinter das Ohr geklemmt wurden, und schließlich den allerletzten Schrei, das, was Herr Bakker bekommen würde, kaum größer als eine Bohne, unsichtbar für andere, ins Ohr zu stecken.

In zwei Wochen sollte Herr Bakker sein Gerät abholen, Zahlungen der Krankenkasse waren zu regeln, und einen gewissen Anteil würde Herr Bakker selbst bezahlen müssen.

Erwartungsvoll ging Herr Bakker nach Hause und bemühte sich darum, bewusst zu hören, um später den Unterschied feststellen zu können. Da hörte er, wie viel er nicht hörte, und freute sich auf sein Hörgerät, obwohl er auch etwas Angst davor hatte. Denn würde die Welt nicht plötzlich viel zu laut für ihn werden? Wollte er wirklich alles hören, was man hören konnte?

Was soll's, sagte er sich dann, man kann das Gerät ja aus den Ohren herausnehmen – und schon ist alles wie vorher.

Heute kann Herr Bakker sein Hörgerät abholen. Am Morgen arbeitet er noch etwas im Garten. Herr Kögel sitzt nebenan auf der Terrasse und frühstückt. Als er Herrn Bakker sieht, deklamiert er laut:

«Isst der Mensch sein Frühstücksei,
Kommt auch schon der Spatz herbei,
Will mir doch mein Ei wegnehmen,
Also, Spatz, du sollst dich schämen!»

Herr Bakker schaut kurz hoch.

«Haben Sie was gesagt, Herr Kögel?»

«Nein, nein, ist schon gut!», schreit Herr Kögel. Ist nicht so toll, das Gedicht, denkt er. Aber vielleicht nimmt's die Bäckerzeitung.

Nach zwei Stunden Gartenarbeit geht Herr Bakker ins Haus. Er wäscht sich, zieht seinen guten Anzug an, poliert seine Schuhe, kämmt sich die Haare, betrachtet sich im Spiegel, setzt einen Hut auf und macht sich auf den Weg.

«Na, so fein heute?», sagt der Zaunkönig, der im Baum am Gartentor sitzt. Aber Herr Bakker hört ihn nicht.

Herr Bakker geht seinen gewohnten Weg zum Ortszentrum. Marianne arbeitet im Garten, rupft tief gebückt Unkraut aus den Beeten.

«Guten Morgen, Marianne!»

Sie antwortet nicht.

Die Bank ist ganz modern, aus viel Glas und Beton. Wenn man sie betritt, öffnet sich automatisch eine Tür, als würde sie einen kommen hören. Man betritt eine kleine Halle. Hinter Glasscheiben sieht man verschwommen die Schalter mit den Angestellten der Bank. Hier draußen in der Halle aber ist der Geldautomat. Man muss nicht mehr wie früher an den Schalter gehen, man kann hier draußen Geld aus dem Automaten holen und auch die Kontoauszüge. Herr Bakker war schon lange nicht mehr im Inneren der Bank. Er weiß gar nicht, ob die Menschen, bei denen er früher Geld abhob, überhaupt noch hier arbeiten. Trotzdem nickt er zu ihnen hinein und sagt, was sie natürlich nicht hören können: «Guten Morgen die Damen und Herren!»

Dann geht Herr Bakker zum Automaten, holt sein Kärtchen aus der kleinen Tasche seines Anzugjacketts, steckt es in den Schlitz, gibt seine Geheimnummer ein. Der Automat, der rattert und murmelt, was Herr Bakker nicht hört, hat das Kärtchen verschluckt. Herr Bakker gibt den Betrag ein, den er abheben will. Wieder murmelt, gluckert und würgt der Apparat. Dann spuckt er das Kärtchen wieder aus. Herr Bakker steckt es wieder ein. Noch einmal rattert der Automat, dann kommt durch einen Schlitz das Geld heraus, Herr Bakker steckt es ein, verbeugt sich vor dem Automaten und sagt:

«Besten Dank auch. Danke, vielen Dank.»

Der Automat antwortet nicht.

Das ist schade, denkt Herr Bakker. Da bauen sie modernste Computer in eine Bohne, die man ins Ohr stecken kann, aber sie bauen keinen Geldautomaten, der spricht. Man könnte doch sicher, wenn man wollte, einen Automaten bauen, der an der Nummer des Kärtchens sieht, dass es sich zum Beispiel um Herrn Bakker handelt, der vor ihm steht. Wenn sich dann Herr Bakker verbeugt und bedankt, könnte der Automat sagen: «Bitte schön, Herr Bakker, keine Ursache, beehren Sie mich wieder!»

Wenn ich jung wäre, würde ich das erfinden, denkt Herr Bakker.

Er geht zum Hörakustiker, legt das Geld auf den Tisch, wartet, bis der Mann das Gerät geholt hat. Er ist aufgeregt. Wie wird es sein?

«Es ist am Anfang ungewohnt. Es ist gewöhnungsbedürftig. Sie dürfen nicht erschrecken, Herr Bakker. Sie hören ab sofort anders», sagt der Hörakustiker und steckt Herrn Bakker jeweils ein fleischfarbenes, kleines Gerät in die Ohren.

Herr Bakker erschrickt. Er hört seinen eigenen aufgeregten Atem! Die Stimme des Hörakustikers ist lauter! Von draußen schallen die Straßengeräusche herein! Da ist Musik! Wo kommt sie her?

«Ich spreche jetzt zu Ihnen, Herr Bakker. Hören Sie mich normal?»

«Ja.»

«Und wenn ich zu Ihnen so spreche?»

«Zu laut!»

«Sehen Sie – nein, hören Sie, muss man ja sagen – so habe ich bisher zu Ihnen gesprochen, und jetzt spreche ich weiterhin normal zu Ihnen. Nehmen Sie jetzt bitte die Geräte aus den Ohren heraus. Ich spreche in derselben Lautstärke weiter.»

Herr Bakker hat die Geräte umständlich herausgenommen.

«Und wie hören Sie mich jetzt, Herr Bakker?»

«Schlecht, weit weg.»

«Und jetzt stecken Sie die Geräte bitte wieder in die Ohren.»

Herr Bakker gehorcht.

«So, jetzt kann jeder normal mit Ihnen sprechen. Und Sie werden merken, dass auch Sie leiser, das heißt normal sprechen werden, weil Ihnen selbst Ihre Stimme zu laut sein wird. Und nun wünsche ich Ihnen viel Glück und Spaß. Und wie gesagt, es ist gewöhnungsbedürftig. Sie müssen etwas Geduld haben, jetzt am Anfang.»

Dann ist Herr Bakker draußen auf der Straße, auf der lauten, verrückten Straße, wo Menschen durcheinander reden, ein Auto bremst, ein Radfahrer klingelt, aus einem Laden Musik kommt, gegen die ein Straßenmusikant mit einer Panflöte ankämpft, von einem Schulhof in der Nähe Kindergeschrei herüberschallt und ein Bettler zu Herrn Bakker sagt:

«Opa, hast du mal einen Euro für mich?»

Die Welt ist laut, denkt Herr Bakker. Er hat nicht mehr gewusst, wie laut die Welt wirklich ist. Herr Bakker hört seine Schritte auf dem Pflaster und das Knistern seines Anzugs, das sich durch die Bewegungen ergibt. Nicht zu glauben, denkt er, dass ich das alles bisher nicht gehört habe. Aber ich habe das doch früher mal gehört, denkt er.

Als Herr Bakker wieder in seine Straße kommt, hört er das Gezwitscher der Vögel. Marianne ist immer noch im Garten.

«Na, immer noch fleißig, Marianne?»

«Jaja, muss ja sein. Wenn nur das verdammte Kreuz nicht wäre.»

Sie hat sich nicht erhoben, hat weiter Unkraut gezupft. Aber sie hat geantwortet. Zum ersten Mal seit – ja, seit wann? Herrn Bakker wird klar, dass sie jedes Mal, wenn er hier vorbeigekommen ist, geantwortet hat. Er hat es nur nicht gehört. Und noch etwas merkt Herr Bakker. Er selbst spricht zu laut!

Während er seine Straße entlanggeht, wo Menschen in Häusern und Gärten Musik hören, handwerken, singen, pfeifen, lachen, sich unterhalten, übt er das normale Sprechen. Er nimmt einmal kurz die Geräte aus den Ohren und hat das Gefühl, in einem Raum mit dicken Wänden zu sein. Schnell steckt er sie wieder hinein.

Herr Bakker schaut zu einem Flugzeug oben am Himmel. Er hat es bemerkt, weil er es gehört hat.

Der Zaunkönig erwartet Herrn Bakker schon im Baum am Gartentor.

«Na, wieder da, Herr Bakker?», sagt er.

«Jaja, wieder da», sagt Herr Bakker.

«Schönen Tag noch», sagt der Zaunkönig.

«Danke, ebenfalls», sagt Herr Bakker, und er lächelt zufrieden. Er hat es doch geahnt, dass man mit dem Zaunkönig sprechen kann. Jetzt weiß er es. Er geht ins Haus. Er hat Hunger. Er wird sich was zu essen machen.

Die alltäglichen Dinge im Haus machen wieder die Geräusche, die sie früher einmal gemacht haben, ehe sie verstummten – nein, ehe Herr Bakker schwerhörig wurde. Das Wasser rauscht aus dem Hahn und gluckert im Abfluss. Die Schranktür quietscht und macht pfft, wenn man sie öffnet. Der Wecker tickt, die Suppentüte knistert, der Kühlschrank surrt, die Suppe kocht brodelnd, das Telefon ist viel zu laut eingestellt, der Fernseher ebenfalls. Und die Hausklingel erst! Herrn Bakkers Tochter kommt.

«Na, wie ist es damit?», schreit sie.

«Gut. Du musst nicht so schreien.»

«Bisher musste man das.»

«Ich weiß.»

«Jetzt nicht mehr?», fragt sie mit normaler Stimme.

«Nein.»

«Endlich!»

Sie schaut sich um, kann es nicht lassen aufzuräumen, was Herrn Bakker immer furchtbar aufregt.

«Hast du etwas Vernünftiges gegessen? Obst? Gemüse? Du kannst nicht immer von Tütensuppen leben.»

Er antwortet nicht.

«Hast du etwas Gesundes gegessen?»

«Was sagst du?»

Da ertappt sich Herr Bakker dabei, dass er ihre Frage sehr wohl verstanden, aber dennoch nachgefragt hat. Warum tut er das? Erstens, weil er es so gewohnt ist nachzufragen, zweitens, weil er es nicht leiden kann, wenn sie ihn fragt, ob er was Gesundes gegessen hat, denn er hat natürlich nichts Gesundes gegessen.

Die Tochter denkt, das wird sich wohl trotz Hörgerät nicht ändern – was er nicht hören will, das wird er nicht hören.

Später sitzt Herr Bakker allein auf seiner Terrasse und hört den Vögeln zu. Die Amseln streiten um einen Wurm, die Spatzen beklagen, dass man in dem Rasen des Herrn Kögel überhaupt nichts zu fressen fände, weil dort alles so genannte Unkraut ausgerottet worden sei.

«Mit Chemie», sagt die dicke Taube, «mit Chemie!»

Jetzt ist es hier voller Geräusche, und doch ist es friedlich, denn jedes Geräusch hat seinen Grund, so wie der Springbrunnen der Nachbarn, der leise plätschert, oder das Sägen aus der nahen Schreinerwerkstatt. Alles das hört Herr Bakker wieder. Und er hört es gern.

Er ist glücklich.

Doch plötzlich zerreißt ein ohrenbetäubender Lärm die Stille. Herr Kögel hat seinen Rasenmäher-Traktor angeworfen.

Mein Gott, ich habe nicht gewusst, wie laut das ist, denkt Herr Bakker, und er geht ins Haus und schließt die Tür. Erst als Herr Kögel fertig ist, geht er wieder in den Garten.

«Das Ding ist aber verdammt laut, Herr

Kögel!», ruft Herr Bakker über den Zaun hinüber.

Herr Kögel ist erstaunt. Was ist denn in den gefahren, denkt er, fängt der jetzt auch noch an. Er antwortet nicht. Der versteht mich doch eh nicht, schwerhörig, wie der ist, denkt er.

Herr Bakker denkt stattdessen, dass Herr Kögel durch den Lärm seines Traktors wohl schwerhörig oder gar taub geworden sein muss, wenn er ihm nicht einmal mehr antwortet.

Dann wird es Abend, dann Nacht. Herr Bakker sitzt immer noch auf seiner Terrasse und hört die Geräusche und Stimmen der Nacht. Die Vögel sind schlafen gegangen, nur ein Käuzchen ist zu hören. Und durchs Gebüsch streift der Igel und brummelt vor sich hin. Von irgendwo hört man einen Fernseher, von anderswoher Musik, und irgendwann ist es sehr still.

Herr Bakker denkt über die Erfindung nach, die er heute gemacht hat, den Geldautomaten, der spricht.

«Ich bin ein Erfinder», sagt er zum Igel.

«Dann erfinde mir mal schnell ein Ei – oder zwei», antwortet der Igel.

«Iss du die Schnecken», sagt Herr Bakker.

Seit wann versteht der mich, denkt der Igel.

Vielleicht, denkt Herr Bakker, geht es mir so wie den vielen Erfindern, die etwas erfunden haben und feststellen mussten, dass es das schon gibt. Ja, vielleicht gibt es diesen sprechenden Automaten schon.

Noch im Bett denkt Herr Bakker darüber nach, und es wird ihm plötzlich bewusst, dass es sein kann, dass der Automat in seiner Bank schon seit Jahren zu ihm sagt:

«Bitte schön, Herr Bakker, keine Ursache, beehren Sie mich wieder!»

Nur hat er es vielleicht bisher nicht gehört.

Herr Bakker ist sehr aufgeregt. Er beschließt, gleich morgen früh zur Bank zu gehen, seine Karte in den Schlitz zu stecken, etwas Geld abzuheben, zu sagen:

«Besten Dank auch. Danke, vielen Dank.»

Und zu warten, was dann passiert.

Schachmatt

Bei Tante Maria war die Stehlampe kaputt. Onkel Franz, nur auf Schlüsselbrettchen spezialisiert, konnte das nicht reparieren. «Ich hab es mir angesehen», sagte mein Vater, «nur ein Wackelkontakt.» Repariert hat er ihn nicht. Ich war dran. Und Tante Leni wollte so gerne «so ein kleines Brettchen da in die Speisekammer unters Fenster». Da Onkel Walter nur Kriegsschiffe aus Streichhölzern bauen konnte, musste ich ran – «und bei der Gelegenheit kannst du mir auch ein Fliegengitter anbringen».

Ich war immer dran. Mein Vater protzte mit meinem Talent (als hätte ich es von ihm geerbt), und ich musste bei Leuten, die gerade gute Kunden bei ihm waren, die ich aber gar nicht kannte, Tauchsieder reparieren, Steckdosen verlegen oder bei allein stehenden Frauen – ja, bevorzugt bei allein stehenden Frauen – Schlüsselbrettchen anbringen. Ich hatte manchmal das Gefühl, mein

Vater kassierte heimlich für meine Arbeiten, Geld oder Liebe, das wusste ich nicht so genau. Seltsamerweise bekam ich oft nicht einmal ein Trinkgeld.

Sicher bin ich, dass ich es meiner Mutter zu verdanken habe, dass ich nicht ein fester Faktor in Vaters ständig sich verändernden Geschäftsorientierungen geworden bin. Er wäre, glaube ich, gern mit mir auf Tournee gegangen, wie Leopold Mozart mit dem kleinen Wolfgang Amadeus. Wir hätten Werkzeug und Ersatzteile in Vaters Auto gehabt, wären in Gaststätten abgestiegen, die Leute hätten ihre kaputten Gegenstände gebracht, und ich hätte sie repariert. Er hätte schwadroniert, den Schaden festgestellt und registriert, mich aufgefordert, ihn zu beheben, und die Leute während der Wartezeit unterhalten.

«Oh, schöne Frau, das Radio kaputt? Lassen Sie mal sehen. Ja, das Lautsprecherpotenziometer ist hinüber. Das macht Ihnen mein Sohn. Der Herr Gemahl kann das nicht? Na ja, wenn er sonst – oh, gestorben, das tut mir aber Leid. So jung und schon Witwe. Passen Sie auf, gute Frau, gehen Sie schön mit dem Gerät nach Hause, wir kommen dann vorbei – darf's vielleicht auch ein

Schlüsselbrettchen für innen an die Haustür sein? Ja, doch, macht sich gut. Und im Schlafzimmer soweit alles in Ordnung? Dann bis später, Madame.»

Meine Mutter bewahrte mich davor – der Schule und der höheren Ziele wegen.

Auf dem Bau nannten wir solche wie meinen Vater die Arbeitanschauer. Zwei linke Hände, von allem etwas Ahnung, eine Spur Bildung und Wissen, ein geöltes Mundwerk, Sprüche und Charme. Heute sind solche Leute Subunternehmer – wie mein Freund Leopold zum Beispiel, der sich auch schon als Zuhälter versucht hat. Damals waren Menschen mit dieser Begabung Vertreter – wie mein Vater. Er konnte jedem jederzeit das Gefühl vermitteln, dass er natürlich all das selbst bauen und reparieren konnte, dass er von allem etwas verstand und nur gerade im Moment wegen seiner Überarbeitung nicht selbst Hand anlegen könne. Manchmal unterstrich er seine erklärte Bereitschaft, zu helfen und zu handeln und die Dinge in Gang zu bringen, mit einem kurzen Handgriff. Er strich eine halbe Zaunlatte von den dreihundert zu streichenden, er machte zwei Spatenstiche, wo eine Grube auszuheben war, um den toten Hund zu begraben, oder er zeichnete mit dem Bleistift an, wo ein erster von vielen Nägeln einzuschlagen war. Dann klopfte er imaginären Staub von Händen, Jacke und Hose und ging eilig davon, vermeintlichen Geschäften folgend, die er stets fast vergessen hätte. Dass er schon mit dem Einschlagen jenes ersten Nagels überfordert gewesen wäre, das begriff ich erst, als er sich tatsächlich einmal anschickte, etwas zu bauen. Das kam so:

Die Firma, für die mein Vater malzhaltige, gesunde Kindernahrung verkaufte, hatte Pleite gemacht. Wir hatten den Keller voll mit dem nicht mehr verkäuflichen, klebrigen Zeug in großen Blechdosen, das wir noch jahrelang, ehe es dann doch verdarb, essen mussten, und Vater hatte wieder mal keinen Job. In der Zeit brachte er mir das Schachspielen bei, das er im Krieg gelernt hatte. Er gewann immer und möbelte mit diesen leichten Siegen gegen mich sein lädiertes Selbstwertgefühl auf. Dann hatte er einen neuen Job. In einem Kombi fuhr er über Land und verkaufte ein neues, speziell entwickeltes, als Patent angemeldetes Hühnerfutter, das aus Soja und getrocknetem und zerriebenem peruanischen Fisch bestand. Die siebzehn Monate, die Vater diesen Job hatte, stank unser Haus nach diesem Futter.

Nicht nur das Haus. Die Kleider stanken danach. Ich saß in der Schulbank und roch nach diesem peruanischen Fisch. Seit damals esse ich keinen Fisch mehr.

Ein kleiner Bauernhof, von dem wir bisher unsere Eier bezogen hatten, weigerte sich, seine Hühner statt mit Körnern mit Vaters Futtermittel zu füttern. Fortan kauften wir von ihm, der sich so schnöde dem Fortschritt verweigerte, keine Eier mehr. Vater beschloss, wir würden selbst Hühner haben. Eines Tages brachte er vier Hühner und (den war er sich schuldig) einen Hahn mit, aber wir hatten natürlich keinen Hühnerstall. «Dann bauen wir am Wochenende einen», triumphierte er.

«Wer ist wir?», fragte meine Mutter ängstlich.

«Na, ich – und der Junge kann mir zur Hand gehen.»

«Der hat nächste Woche eine Schularbeit in Latein, das kommt nicht in Frage.»

«Dann muss ich das eben allein machen!», schrie mein Vater. «Man muss ja hier anscheinend alles selbst machen.»

Wenn sich mein Vater unkontrolliert in eine Wut hineinmanövriert hatte, weil alle Geschicke der Welt an ihm hingen, setzte das für kurze Zeit heftige Aktivitäten frei. Er nahm Maß, rechnete, plante, zeichnete, verkleinerte, nahm wieder Maß, fuhr in die Stadt, kaufte ein Buch über Hühnerhaltung, rechnete, zeichnete, plante und vermaß von neuem und verkündete nach drei Tagen: «Der Stall ist quasi fertig, man muss ihn nur noch zusammenbauen.» Aber dafür habe er nun nicht auch noch Zeit. Wochen vergingen. Die Hühner schissen den Keller voll, und Mutter war am Rande der Verzweiflung. Sie drohte mit Auszug, Weggehen, Trennung, Scheidung und sogar mit Selbstmord. Damit bekam sie meinen Vater, der auf die Hühner auf keinen Fall verzichten wollte, so weit, dass der Bau nunmehr in Angriff genommen werden sollte. Just am Abend vor zwei schulfreien Tagen – ich wollte mit meinem Freund Benno eine Fahrradtour an den Starnberger See machen – wurden Latten, Hühnerdraht, Bretter, Dachpappe und Nägel angeliefert. Er ließ anliefern! Man hätte das alles bei Holzmann nebenan holen können, aber die hatten sich auch geweigert, ihre Hühner mit dem besagten Futter zu füttern.

Am nächsten Morgen sollte es also losgehen, aus der Fahrradtour wurde nichts, denn ich war als «Handlanger» eingeplant. Schon früh ging

Vater laut pfeifend, sich Mut machend und mich weckend, durchs Haus. Dann standen wir vor dem Material. Er ordnete an, legte die Latten zu abenteuerlichen Rechtecken zusammen, markierte vage Schnittstellen auf den Latten, verteilte Nägel und Werkzeug auf dem Boden, bereitete die Arbeit vor. Ich durchschaute blitzschnell die Situation, ich erkannte, dass er nicht wusste, wie man eine solche Arbeit beginnt, dass er zum Beispiel zunächst die Latten zusammennageln wollte, um sie dann erst an den Enden abzusägen. Es kam mir töricht vor, aber in mir brodelte etwas. Ich wollte ihn scheitern sehen, ich wollte Rache üben für die vielen Großspurigkeiten und nicht zuletzt für die verlorenen Schachpartien. Ich schützte ihn also nicht, ich ließ ihn auflaufen und scheitern. Heute weiß ich, dass er gehofft hatte, ich würde ihn von dieser Arbeit, der er jetzt nicht mehr entkam und die nicht die seine war, erlösen. Ich tat es nicht. Auf seiner Stirn standen schon Schweißperlen, er nahm den Hammer und einen meiner Meinung nach viel zu großen Nagel und setzte ihn da an, wo er zwei Leistenenden im rechten Winkel aufeinander nageln wollte. Jetzt sah ich etwas, das mir bis zu diesem Moment verborgen geblieben war, weil ich es gar nicht für möglich gehalten hatte: Mein Vater war tatsächlich so ungeschickt, dass er gar nicht wusste, wie man einen Hammer anfasst! Ich hatte bis zu diesem Zeitpunkt meines Lebens nicht gewusst, dass es einen erwachsenen Menschen (nein, Mann, dachte ich damals) gibt, der das nicht kann. Vater scheiterte kläglich und klassisch: Der Nagel spreizte beide Lattenenden so, dass sie sich spalteten, aufrissen, klaffende Holzwunden zeigten. Vater fluchte, schimpfte auf das viel zu wenig abgelagerte Holz, auf den Hammer, auf die Nägel, auf die Hühner und die Eier. Es wäre jetzt ein Leichtes gewesen, das zu tun, worauf es ohnehin hinauslaufen würde: Die Arbeit zu übernehmen. Ich hätte sagen können, lass uns das Holz erst auf die entsprechenden Längen schneiden, lass uns eine gute Unterlage nehmen, dieses und jenes. Aber ich war gemein, ich wollte meinen Triumph. Ich nahm den Hammer und einen kleineren Nagel, drehte den Nagel um, setzte ihn mit dem Kopf auf einen zweiten Hammer, der am Boden lag, schlug mit meinem Hammer leicht auf die Nagelspitze (der alte Schreinertrick), legte als Unterlage ein Brettchen unter die beiden zusammenzunagelnden Latten, damit sie nicht mehr federn konnten, setzte den Nagel an und trieb ihn hinein. Ich sah, was in meinem Vater vorging. Für den Bruchteil einer Sekunde dachte er höhnisch, mein Gott, er will den Nagel verkehrt herum hineinschlagen. Dann verstand er, dann staunte er, und ein kleines bewunderndes Lächeln, ein Anflug von Stolz und Anerkennung war in seinem Gesicht. Doch das Bewusstsein um die Niederlage war stärker, zumal ich jetzt nachlegte. Ich erklärte, wie ich die Arbeit beginnen und weiterführen würde. Fahrig, als sei ihm gerade etwas ganz anderes, aber sehr Wichtiges eingefallen, hörte er zu und sagte dann: «Na, wenn du eh Bescheid weißt, dann muss ich dir das ja nicht erklären, dann kannst du schon mal weitermachen. Ich fahr nochmal in den Laden rüber und hol noch Maschendraht. Das ist zu wenig, denn wir müssen auch obendrüber zumachen, wegen der Habichte, du weißt.»

Ich wusste.

Ich wusste, dass es hier kaum Habichte gab, und dass sie, wenn überhaupt, dann nur Küken holten, und dass niemand hier den Hühnerstall oben zugemacht hatte.

Er ging und kam nicht mehr wieder.

Spät in der Nacht, ich hatte bis zum Abend den Hühnerstall fast fertig, hatte wie besessen gearbeitet, hörte ich ihn betrunken die Treppe hinauftorkeln. Am nächsten Morgen, als ich noch Feinarbeit an meinem Hühnerstall vornahm, schlief er seinen Rausch aus. Am Nachmittag kam er heraus, jetzt wieder ganz Arbeitanschauer. Er zelebrierte. Langsam ging er um den Stall herum, machte das Tor auf und zu, machte sichtbar, ohne es zu kommentieren, dass der Riegel etwas streng ging, rüttelte an dem Stall, wie kein Wind je daran rütteln würde, überprüfte die Nägel, fand schließlich einen Nagel, den ganz reinzuschlagen ich vergessen hatte, nahm den Hammer und schlug den Nagel den halben Zentimeter, den er noch herausstand, hinein, so, als sei dieser Nagel nun der wichtigste, quasi der Nagel des goldenen Schnitts unseres Hühnerstalls, als hielte dieser Nagel alles zusammen, als habe jetzt erst diese Arbeit den Segen der Götter. Dann schüttelte er den dadurch auf seine Hände geratenen imaginären Staub ab, auch von Hose und Jacke, nickte und gab seine Art Lob von sich: «Tadellose Arbeit, das hätte ich selbst nicht besser machen können.»

Das tat meinem Triumph keinen Abbruch. Ich war stolz, und er war fortan vorsichtiger, sodass es mir danach nur noch ein einziges Mal gelang, ihm gegenüber aufzutrumpfen:

Als meine Mutter krank war und zur Kur musste, kam ich für ein halbes Jahr in ein Internat. Es war eine schreckliche, handwerkslose Zeit, die ich mit Schachspielen zubrachte. Ich spielte täglich, meist gegen stärkere Gegner, lernte von ihnen, beteiligte mich an Schulmeisterschaften und wurde ein ganz guter Spieler. Weihnachten, wieder zu Hause, forderte ich meinen Vater zu einer Partie Schach auf. Arglos ließ er sich darauf ein, und ich schlug ihn. Er war irritiert, hielt das für einen Zufall und die Folge dessen, dass er lange nicht gespielt hatte. Ich schlug ihn ein zweites Mal. Das war unsere letzte Partie, die wir je zu Ende spielten, die dritte warf er um, als er sah, dass er wieder verlor, und fortan tat er kund, dass er wahrlich Wichtigeres zu tun habe, als Schach zu spielen. Es tat mir später Leid, dass ich ihn nicht hatte gewinnen lassen. Es hätte doch gereicht, dass er wusste, dass ich wusste, dass er einen Hammer nicht richtig in die Hand nehmen konnte, um einen Nagel in ein Brett zu schlagen.

Norwegian Wood oder: Harald, wo der Pfeffer wächst

Hilde wollte gerade das Haus verlassen, und sie war schon wahrhaftig spät dran, da klingelte es an der Tür. Sie stellte ihre Handtasche wieder ab und öffnete. Draußen stand eine dicke Frau in kurzen Shorts und einem Bob-Marley-T-Shirt. Sie hatte strohig blondiertes, vom Kopf abstehendes Haar, verheulte Augen und trug einen leeren Vogelkäfig in der Hand.

«Mein Leo sitzt in Ihrer Dachrinne», sagte sie, «kann ich mal reinkommen und ihn locken? Ich bin schon seit drei Straßenblocks hinter ihm her, und hier oben hat er sich endlich niedergelassen.»

«Ich muss aber weg», sagte Hilde, «und zwar eilig, ich komme sowieso schon zu spät.» Die Frau sah sie mit Tränen in den Augen an. «Mein Leo sitzt da», sagte sie mit Nachdruck und wies mit der Hand irgendwohin nach oben.

«Wo, da?», fragte Hilde einigermaßen ärgerlich, ließ die Frau aber doch in die Wohnung und ging mit ihr zum Balkon. Sie öffnete die Balkontür, die Frau mit dem Käfig kam hinter ihr her, und sie sahen nach oben. In der Dachrinne saß ein schwarz glänzender Vogel mit einem orangefarbenen Schnabel und ein paar gelben Federn am Kopf.

«Leo!», rief die blonde Frau und hielt den leeren Käfig hoch. «Komm zu Mutti! Was machst du denn für Sachen!» Leo legte den Kopf schief und sah zu ihnen hinunter. «Ein Papagei ist das nicht», stellte Hilde fest und machte sich darauf gefasst, nun ganz und gar zu spät zu kommen. «Nein», sagte die blonde Frau. «Er ist ein Beo.»

«Ein was?», fragte Hilde, denn der Vogel sah eher aus wie eine Krähe, abgesehen vielleicht von den seltsam aufgetakelt wirkenden farbigen Federn am Kopf.

«Ein Beo», sagte die Frau, «gracula religiosa.»

«Dracula?», fragte Hilde, und die Frau erklärte: «Gracula. Gracula religiosa, so heißt er, nein, er heißt Leo. Beo Leo, und ich bin die Bruni. Er ist mein Ein und Alles.»

Und sie schnalzte mit der Zunge und stieß eigenwillige Gurrlaute aus, um den Vogel zu locken. Der legte den Kopf schief und rührte sich nicht von der Stelle.

«Haben Sie Rosinen?», fragte Bruni. «Rosinen frisst er so gerne, damit könnten wir ihn locken.»

Hilde schüttelte den Kopf. «Was soll ich mit Rosinen», sagte sie, «ich backe seit Jahren nicht mehr.»

«Und Müsli», fragte Bruni, «haben Sie denn kein Müsli, da sind doch Rosinen drin.»

Hilde seufzte und ging in die Küche. Während sie sich bückte, um die Schränke zu durchsuchen, redete Bruni mit dem Vogel. «Du machst Mutti ja ganz traurig», sagte sie, «da lass ich ein Mal aus Versehen das Fenster offen, und schon bist du weg, als hättest du es nicht schön bei mir. Du hast es doch schön bei mir!» Und sie gurrte und schnalzte, und Hilde zog aus der hintersten Ecke eine angebrochene Müslipackung hervor. Sie trug sie auf den Balkon, und Bruni sagte: «So, da müssen wir jetzt die Rosinen raussuchen, Nüsse und Haferflocken mag er ja nicht, gell, Leo, die magst du nicht, nur Rosinen!»

Hilde seufzte, schrieb das Essen bei Ludmilla ab und beschloss, sie anzurufen und ihr zu sagen, dass sie nun endgültig zu spät käme, man solle einfach schon mal ohne sie anfangen.

Ludmilla war wütend. «Verdammt nochmal», sagte sie, «es ist immer dasselbe mit dir. Alle sind da, der Hase in Rotwein ist fertig, und du trödelst herum. Was machst du denn schon wieder?»

«Im Moment sammle ich Rosinen aus einer Müslipackung», sagte Hilde, und Ludmilla sagte: «Weißt du was, du kannst mich mal», und legte auf.

Hilde seufzte. Sie wusste, dass Ludmilla sich auch wieder beruhigen würde, dass man später durchaus noch friedlich ein paar Gläser Wein zusammen trinken könnte, aber sie wusste auch, dass vom Hasen in Rotwein dann nichts mehr übrig wäre, denn den würden die anderen restlos aufgegessen haben. Hilde redete sich ein, Hase in Rotwein sowieso nicht zu mögen, und Bruni fragte: «Was Wichtiges?»

«Hase in Rotwein», seufzte Hilde und sortierte Rosinen, Nüsse und Haferflocken. «Ich esse keine Tiere», sagte Bruni vorwurfsvoll, «Sie sollten auch keine Tiere essen, Tiere sind doch unsere Freunde. Gell, Leo?»

«Ich bin mit Hasen nicht befreundet», sagte Hilde gereizt, und Bruni erzählte: «Ich hatte mal als Kind einen Hasen, der hieß Elvis. Ich hätte ihn niemals essen können.»

Leo kreischte und schnarrte ein paar Töne und sah aus der Dachrinne zu, wie die beiden Frauen auf dem Balkontisch Rosinen aus einem Haufen Müsli pickten. Es waren schon einige zusammengekommen, und Bruni legte sie jetzt auf ihre flache Hand und lockte:

«Komm, Leo, komm zu Mutti, Mutti Rosinchen!»

Der Vogel äugte mit schief gelegtem Kopf, und dann breitete er tatsächlich die Flügel aus, flog aus der Dachrinne herunter auf Brunis Schulter und saß da für einen winzigen Moment. Dann aber, als sie ihn gerade packen wollte, flog er blitzschnell an genau die unerreichbare Stelle zurück, an der er vorher gesessen hatte.

Bruni hatte Tränen in den Augen und sah Hilde an. «Die Rosinen sind zu alt», sagte sie. «Ihr Müsli ist muffig, so was mag er nicht.»

«So ein Quatsch», wehrte Hilde sich, «er hat sie ja nicht mal probiert, Sie haben zu schnell nach ihm gegriffen, deshalb ist er weggeflogen.»

«Nein», beharrte Bruni, «die Rosinen sind alt, das merkt so ein kluges Tier sofort. Damit kriegen wir ihn nie.» Und Leo knarrte Zustimmung. Bruni schaufelte Haferflocken, Nüsse und Rosinen zurück in den Karton, den sie Hilde gab.

«Da», sagte sie und zeigte auf die Packung, «Verfallsdatum März, und jetzt ist Juli.»

Hilde warf die Packung in den Mülleimer und nahm ihre Handtasche.

«Ich muss jetzt wirklich los», sagte sie. Bruni sah sie entgeistert an.

«Aber wir können doch Leo nicht hier sitzen lassen!», sagte sie.

«Wir?», fragte Hilde. «Es ist doch Ihr Leo, mir ist das ganz egal, wo er sitzt.» Aber das stimmte nicht wirklich.

«So können nur Menschen reden, die auch unschuldige kleine Hasen essen», sagte Bruni vorwurfsvoll, «das kommt davon, keine Achtung mehr vor der Kreatur.» Und zu Leo rief sie hoch: «Keine Angst, Schätzchen, Mutti lässt dich nicht allein. Mutti geht hier nicht weg.»

Hilde setzte sich und steckte sich eine Zigarette an. Bruni lehnte sich an die Balkonbrüstung und schaute hoch zu Leo, den leeren Käfig neben sich. Dann kam sie auf einmal ins Zimmer, wo Hilde dicke Rauchkringel in die Luft blies, und fragte:

«Haben Sie *Norwegian Wood*?»

«Habe ich *was*?», fragte Hilde verständnislos.

«*Norwegian Wood,* von den Beatles», sagte

Bruni. «Das liebt Leo. Wenn er das hört, kommt er sofort.»

«Sonst noch was», sagte Hilde, «warum nicht das *Stabat Mater* von Pergolesi.»

«Nein», sagte Bruni, «*Norwegian Wood* von den Beatles. Ich habe das so oft gespielt, dass er es nachpfeifen kann, und wenn er das hört, kommt er immer angeflogen. Haben Sie es?»

«Nein», sagte Hilde, «ich hab nur das Weiße Album von den Beatles, und da ist das nicht drauf.»

«Nein», sagte Bruni, «*Norwegian Wood* ist auf *Rubber Soul,* haben Sie denn *Rubber Soul* nicht?»

«Nein», sagte Hilde entnervt und drückte heftig ihre Zigarette aus. «Ich habe *Rubber Soul* nicht, und ich habe auch keine Zeit mehr und möchte unbedingt jetzt diese Wohnung verlassen.»

«Auf *Rubber Soul* ist auch *Baby you can drive my car*», sagte Bruni, «beepbeep'n beepbeep-a-yeah.»

«Ich gehe jetzt», sagte Hilde und stand auf.

«Aber Sie kennen doch *Norwegian Wood,* oder?», fragte Bruni und begann mit zittriger Stimme zu singen:

«I once had a girl, or should I say, she once had me? She showed me her room, isn't it good? Norwegian Wood.»

«Kenn ich», erinnerte Hilde sich unlustig, «aber das mochte ich nie. Ich mochte am liebsten *Eleanor Rigby*», und sie sang: «Ah, look at all the lonely people, where do they all belong?»

Bruni nickte. «Waren schon grandios, die Beatles», sagte sie. «Wissen Sie noch, *Yesterday*?» Und schon sang sie und fing dabei auch noch an zu weinen: «Yesterday, all my troubles seemed so far away, now it looks as though they're here to stay … ich kann doch auch nichts dazu, dass der Leo jetzt gerade hier oben bei Ihnen sitzt, mein Gott. Er ist doch mein Ein und Alles, ich kann ihn da doch nicht einfach sitzen lassen.»

Sie zog ein zerknülltes Taschentuch aus der Tasche ihrer Shorts und putzte sich laut die Nase. Leo schnarrte, Hilde seufzte.

«Nein», sagte sie, «das sehe ich ein, aber was sollen wir denn machen, er sitzt nun mal da und kommt nicht runter, und ich bin zum Essen eingeladen.»

«Hase in Rotwein», sagte Bruni vorwurfsvoll. Beide Frauen schwiegen.

«Könnten wir nicht zusammen *Norwegian Wood* singen?», fragte Bruni schließlich. «Das mag er so gern, dann kommt er vielleicht.»

«Aber ich kenn doch *Norwegian Wood* kaum»,

sagte Hilde, und Bruni fing wieder an: «She asked me to stay and she told me to sit anywhere. So I looked around and I noticed there wasn't a chair.»

«Großer Gott, nein, das kann ich nicht singen», sagte Hilde. «Singen Sie es doch allein, Sie kennen das Lied, und er kennt Ihre Stimme.»

«Leo», sagte Bruni, «er heißt Leo. Ja, er kennt meine Stimme, aber zu zweit wäre es kräftiger, verstehen Sie?»

Sie ging zurück auf den Balkon, sah zu Leo hoch und sang dünn und zittrig:

«And when I awoke I was alone, this bird had flown; so I lit a fire, isn't it good, Norwegian Wood?»

Der Vogel rührte sich nicht. Bruni kam wieder ins Zimmer.

«Der steckt die ganze Wohnung in Brand», sagte sie. «Leo?», fragte Hilde ungläubig, und Bruni schüttelte den Kopf. «Nein, der in dem Lied. I lit a fire, Norwegian Wood, weil ja alles aus Holz ist und so schön brennt. Vielleicht mag Leo das Lied so gern, weil es ihn an den Wald erinnert und weil ja auch ein Vogel drin vorkommt, this bird has flown.»

«Aha», sagte Hilde verständnislos und zog ihr

Kostümjäckchen wieder aus, weil ihr jetzt viel zu warm war. Sie sah Bruni entnervt an.

«Warum tragen Sie kein John-Lennon-T-Shirt?», fragte sie und zeigte auf Bob Marley.

«Oh, das», sagte Bruni und zupfte an sich rum, «den mag ich auch gern, *No woman, no cry.*»

«Das hab ich», sagte Hilde. Bruni riss die Augen auf. «Ehrlich?», fragte sie, «das kennt er auch, *No woman, no cry,* ach bitte, legen Sie das doch mal auf, vielleicht kommt er ja dann.»

Hilde raffte sich auf und suchte aus dem Stapel herumliegender CDs *Best of Bob Marley.* Bruni war währenddessen wieder auf den Balkon gegangen und redete mit ihrem Vogel.

«Komm doch runter», sagte sie, «komm zu Mutti, Leo, mein Herzchen.»

Aber offensichtlich hatte Leo andere Pläne oder mochte kein Herzchen mehr sein – er blieb, wo er war. Hilde hatte Bob Marley gefunden und legte die CD auf. Sie suchte die richtige Stelle, stellte etwas lauter, und es ertönten Reggae-Rhythmen. Sie ging auf den Balkon, stellte sich zu Bruni, und beide sahen zu, wie der Vogel wippte, den Kopf schief legte, aber keine Anstalten machte, zu ihnen hinunterzufliegen.

«No woman, no cry», sagte Bruni mit trauriger

Stimme, «hörst du, Leo, Nein, Frau, du nicht weinen, aber Mutti weint, wenn du nicht kommst.»

Der Vogel schrie plötzlich laut und deutlich: «Mutti!»

Hilde war verdutzt. «Der spricht?», fragte sie. Bruni nickte stolz. «Und wie», sagte sie, «besser als jeder Papagei, er singt Lieder, er spricht, er ist ein wunderbares Tier. Er ist mein Ein und Alles.»

Hilde war beeindruckt. «Aber ich kann Sie doch nicht einfach allein in meiner Wohnung lassen, bis Sie ihn haben», sagte sie ein wenig ratlos. «Ich kenne Sie doch gar nicht.»

Bruni nickte. «Das verstehe ich», sagte sie. «Wissen Sie was, ich lauf jetzt schnell nach Hause, ist ja nur drei Straßen weiter, und dann hol ich *Rubber Soul*, und dann spielen wir ihm das vor, ja? Sie werden sehen, er kommt dann in Nullkommanix angeflogen und Sie können zu diesem toten Hasen gehen.»

Hilde seufzte. Bruni sah sie mit aufgerissenen Augen an.

«Aber Sie müssen mir hoch und heilig versprechen, in der Zeit nicht einfach abzuhauen und das arme Tier da sitzen zu lassen», flehte sie, und Hilde nickte ergeben. «Ich bleibe da», sagte sie, «aber beeilen Sie sich.»

Bruni ging zur Tür, drehte sich noch einmal um und bat:

«Reden Sie bitte so lange mit ihm, er hat gern Unterhaltung, und dann fliegt er nicht noch weiter weg. Ich bin sofort wieder da.»

Sie ging, und Hilde seufzte tief und trat auf den Balkon, um sich den seltsamen Vogel noch einmal anzuschauen.

«Hase in Rotwein», sagte sie, «das hast du mir ja nun gründlich vermasselt, du blödes Vieh.»

Leo legte den Kopf schief und krächzte. Und dann pfiff er plötzlich, so schien es Hilde, einige Töne aus *Norwegian Wood*.

«Das gibt's doch nicht», sagte sie. «Du kennst das wirklich?» Und sie versuchte sich auch an der Melodie, und weil sie den Text nicht kannte, sang sie lalala. Der Vogel hörte zu, pfiff ein bisschen mit, und Hilde musste lachen.

«Du bist schon ein komischer Kauz», sagte sie und verbesserte sich sofort: «Nein, kein Kauz. Ein Beo. Beo.» Der Vogel sperrte den Schnabel auf und rief: «Leo!»

Hilde sah ihn entzückt an, und er wiederholte: «Leo. Leoleo. Komm zu Mutti, mein Kleiner.» Und dann pfiff er wieder den Anfang der Melodie von *Norwegian Wood*, und plötzlich kam er auf

Hilde zugeflogen. Sie wich zurück, sie hatte Angst vor allem, was so ungewohnt flatterte, und wie zur Abwehr streckte sie die Hände aus. Beo Leo landete auf ihrer ausgestreckten linken Hand. Hilde traute sich nicht zu atmen und starrte ihn an. Er starrte zurück mit klugen, glänzenden schwarzen Knopfaugen und kollerte irgendwelche Töne in der Kehle. Seine kleinen Krallen lagen hart und trocken auf ihrer Hand, und er war so unerwartet federleicht, als hätte er gar keinen Körper, keine Knochen, bestünde nur aus diesen lackschwarzen Federchen. Hilde hielt den Atem an.

«Du bist ja ein ganz Schöner», flüsterte sie. «Komm, willst du jetzt mal in deinen Käfig gehen?» Sie bewegte sich ein wenig in Richtung Käfig, der auf dem Boden des Balkons neben der Tür stand, und Leo rührte sich nicht.

«Dich könnte ich auch nicht essen», sagte Hilde. «Beo in Rotwein – niemals.» Sie wusste nicht, wie sie sich mit diesem Vogel unterhalten sollte, und sagte entschuldigend: «Ludmilla kocht immer solche Sachen. Dabei esse ich im Grunde viel lieber Hausmannskost.»

Leo sperrte den Schnabel auf und krähte fröhlich: «Harald! Wo der Pfeffer wächst!»

«Harald?», fragte Hilde. «Hast du Harald gesagt? Wer ist denn Harald?», und der Vogel gurrte zufrieden: «Pfeffer wächst.» Dann pfiff er wieder ein Stück aus *Norwegian Wood,* und mit brüchiger Stimme, vorsichtig, sang Hilde mit: «I once had a girl, lalala, Norwegian Wood.»

Da standen sie, Hilde in ihrem dunkelblauen Kostümrock und der himmelblauen, ärmellosen Bluse, auf der ausgestreckten Hand saß der Vogel, sie sangen zusammen, und Hilde fühlte sich aufgeregt und glücklich.

«Ich muss dich jetzt packen und in deinen Käfig tun», sagte sie. «Aber wie pack ich dich denn bloß?»

Leo sah sie an, gab ihr aber dazu keinen Ratschlag. Stumm, aber nicht unfreundlich betrachteten sie einander, und in dem Moment klingelte es an der Tür. Leo erschrak und flog davon. Er flog über die Regenrinne hinaus hoch oben auf den Dachfirst und blieb, für Hilde kaum noch sichtbar, neben dem Kamin sitzen.

«Großer Gott!», murmelte sie erschrocken und lief zur Tür, um Bruni zu öffnen.

«Ist er noch da?», fragte Bruni. Sie war erhitzt, ihr wirres Haar stand noch mehr ab, das Gesicht war rot, sie presste die LP *Rubber Soul* an die

Brust. Vier junge Männer mit langen Haaren schauten schwermütig in Schwarzgrün vom Cover der Platte, die Schrift war psychedelisch geschnörkelt und orangefarben.

«Er ist gerade ein kleines Stückchen weitergeflogen», gestand Hilde und beruhigte Bruni sofort: «Aber er ist noch hier auf unserem Dach.» Sie traute sich nicht, ihr zu erzählen, dass der Vogel auf ihrer Hand gesessen und sie ihn nicht festgehalten hatte.

«Haben Sie denn nicht mit ihm geredet?», jammerte Bruni und lief auf den Balkon. Sie reckte sich, um Leo zu sehen und rief: «Leo, mein Kleiner, komm doch runter zu mir! Komm zu Mutti! Mutti ist wieder da, und pass mal auf, was ich dir mitgebracht habe!»

Bruni reichte Hilde die Platte.

«Auflegen, schnell», sagte sie. «A-Seite, zweiter Titel. *Norwegian Wood*. Nun machen Sie schon!»

Und Hilde nahm die Schallplatte und sagte düster: «Ach Gott, ich hab ja gar keinen Plattenspieler mehr, nur noch einen CD-Player!»

Bruni starrte sie entgeistert an. «Das ist jetzt nicht wahr, oder?», flüsterte sie. Hilde nickte düster. «Doch», sagte sie, «der Plattenspieler ist verpackt oben im Schlafzimmerschrank, den brauch ich doch nie. Ich hab nur noch CDs.»

«Ich denke, Sie haben das Weiße Album?», fragte Bruni fassungslos. Hilde nickte.

«Ja, hab ich auch, aber das kann ich nie spielen, weil ich eben keinen Plattenspieler mehr habe.»

«Haben Sie keinen mehr oder haben Sie ihn nur weggepackt?», fragte Bruni.

«Weggepackt», sagte Hilde, und Bruni befahl energisch: «Worauf warten Sie dann. Los.»

Sie ging zurück auf den Balkon, schob die Blumenkästen auf der Balkonmauer ein wenig auseinander und beugte sich rückwärts.

«Ich halte Leo bei Laune», sagte sie, «und Sie bauen diesen verdammten Plattenspieler wieder auf, Lautsprecher anstöpseln und so, das können Sie doch wohl, oder? Und möglichst nah am Fenster.»

Sie sah nach oben.

«Leochen», rief sie, «alles wird gut, bald gehst du wieder mit Mutti nach Hause, du musst nur ein bisschen Geduld haben, bis die Tante – wie heißen Sie nochmal?», fragte sie ins Zimmer, wo Hilde ratlos herumstand.

«Hilde.»

«Bis die Tante Hilde endlich die Musik macht,

die mein Leochen so liebt. Schön dableiben, hörst du?»

Hilde zog die Pumps und dann den engen Kostümrock und die himmelblaue Bluse aus und schlüpfte in ihren leichten Morgenrock mit Vogelmuster. Vogelmuster! Sie holte die Leiter aus dem Bad und legte sie an den Schlafzimmerschrank. Ganz oben beim Ersatzkissen und der Winterbettwäsche war der Karton mit ihrem alten Plattenspieler, sie holte ihn herunter und packte aus, was drin war. Der Anblick des Plattenspielers rührte sie. Wie oft hatte sie als junges Mädchen davor gesessen und Platten gehört, und jetzt hatte er ausgedient und war einfach weggeräumt worden. Zum ersten Mal war sie froh, ihn nicht weggeworfen zu haben. Sie stellte ihn unters Schlafzimmerfenster und holte eine der Lautsprecherboxen aus dem Wohnzimmerregal.

«Stereo muss es ja wohl nicht sein!», rief sie, und Bruni rief zurück: «Hauptsache, er erkennt sein Lied!»

Es dauerte eine ganze Weile, bis Hilde, auf dem Boden kniend, den Lautsprecher richtig eingestöpselt, mit drei verschiedenen Verlängerungsschnüren den Plattenspieler angeschlossen und schließlich angestellt, die Platte aufgelegt hatte.

Sie zog die Schlafzimmergardine zurück, öffnete das Fenster und sah hinaus.

Bruni saß zwischen den Perlagonien und gluckerte und gurrte.

«Leo», sagte sie, «mein Vögelchen, mein Freund, alles wird gut, du wirst es sehen, gleich kommt dein Lieblingslied, Tante Hilde spielt es für dich, und dann kannst du mit Mutti nach Hause gehen.»

Hilde sagte: «So, Achtung, ich mach jetzt an.»

Sie setzte mit zitternden Fingern die Nadel auf Lied zwei.

«I once had a girl, or should I say, she once had me» erklang, und Hilde lief mit roten Wangen erregt zu Bruni auf den Balkon.

«Na», sagte sie, und Bruni flüsterte: «Pssst.»

John und Paul sangen das Lied vom Mädchen mit der Wohnung ganz aus Holz, in der man aber nirgends sitzen konnte, und dann ging das Mädchen ins Bett, weil es am andern Morgen früh rausmusste, und der junge Mann schlief im Badezimmer, und als er wach wurde, war sie schon wieder weg, und er steckte aus lauter Frust die Bude in Brand, isn't it good, Norwegian Wood?

Was für ein unbeschreiblich blödes Lied,

dachte Hilde, und Bruni sang leise mit und streckte die Hand aus.

Als das Lied fast zu Ende war, und als Frau Simmenthal von gegenüber schon auf dem Balkon erschien, die Arme in die Hüften gestemmt, und als Hilde schon wusste, dass sie jetzt herüberschnarren würde, was das solle, Musik bei weit offenem Fenster, und man möge bitte *sofort* ..., da kam Leo angeflogen, setzte sich zutraulich auf Brunis rechte Hand und ließ sich von der linken sanft kraulen, zart umfassen und ohne jeden Widerstand in den Käfig setzen, der immer noch offen auf dem Boden des Balkons stand. Bruni atmete tief durch und schloss rasch die kleine Gittertür.

«Geschafft!», flüsterte sie, kraulte durch die Stäbe mit einem Finger Leos Hals und richtete sich dann auf, um Hilde zu umarmen.

«Großartig», sagte sie, «ich weiß gar nicht, wie ich Ihnen danken soll. Ich habe ihn wieder.»

«Darauf trinken wir einen», sagte Hilde, und Bruni fragte: «Aber Sie müssen doch weg?»

Hilde winkte ab und schenkte zwei Gläser Weißwein ein. «Ist jetzt sowieso schon egal», sagte sie, und die Platte im Schlafzimmer lief weiter, und die Beatles sangen:

«Do what you want to do, and go where you're going to, think for yourself.»

Hilde und Bruni prosteten sich zu, und Hilde fragte: «Wer ist Harald?»

«Mein Verflossener», sagte Bruni. «Hat er das erzählt?» Und sie zeigte auf Leo, der in seinem Käfig auf der Stange saß und ihnen aufmerksam zusah. «Ja», sagte Hilde, «Harald, wo der Pfeffer wächst.»

Bruni nickte. «So ist es», sagte sie. «Ich hab ihn rausgeworfen, ich habe gesagt, Harald, geh doch dahin, wo der Pfeffer wächst.»

Bruni trank das Glas in einem Zug leer, wischte sich zufrieden den Mund ab und sagte: «Ich hoffe, da ist er jetzt. Ich hoffe, Harald ist da, wo der Pfeffer wächst, und jetzt bin ich mit Leo allein. Er ist mein Ein und Alles, wissen Sie.»

«Ja», nickte Hilde, «ich weiß», und sie sehnte sich nach einem Beo namens Leo, gracula religiosa, nach jemandem, für den sie Rosinen kaufen müsste, oder wenigstens nach jemandem, der zu ihr sagen würde: «Baby, you can drive my car.»

Als die beiden Frauen die Flasche Wein geleert hatten, zog Hilde sich Jeans und ein T-Shirt an und begleitete Bruni und Leo drei Straßen weiter in ihre Wohnung. Das Weiße Album von den Beatles nahmen sie mit, und dann lagen sie auf dem Teppich, hörten *While my guitar gently weeps* und weinten über den Tod von John und George. Leo flog bei fest geschlossenen Fenstern durch die Wohnung, rief: «Leo! Komm zu Mutti!» und versicherte ein übers andere Mal: «Harald! Wo der Pfeffer wächst.»

Blaff-blaff

Als ich mich von meinem in trunkenem Zustand selbst verschuldeten Autounfall und den darauf folgenden Operationen leidlich erholt hatte, beschlossen wir, das Haus zu renovieren. Ich hatte mein Appartement in der Stadt aufgegeben und war wieder hinausgezogen aufs Land. Der Psychologe lachte höhnisch, die Freunde tuschelten, die Söhne blieben misstrauisch fern, und wir selbst erstickten alle Bedenken, ob unseres Hauses neue Kleider das entstandene Eis zwischen uns schmelzen könnten, in bedingungslosem Aktivismus.

Die alten Kommoden, Tische, Sofas, Stühle, Sessel und Schränke und die einst selbst gebastelten Bücherregale wichen neuen, schlichten und darum sehr teuren Möbeln. Buche war das bevorzugte Holz. Klarheit sollte in das, was wir der Einfachheit halber «unser neues Leben» nannten. Bilder, Bildchen, der lieb gewonnene Nippes, der

Stationen unseres gemeinsamen Lebens markierte, alles wanderte auf den Speicher. Aus Sentimentalität herübergerettete Sperrigkeiten und schon immer als geschmacklos von uns denunzierte Gegenstände fanden ihren Weg auf den Müll, da die Schenker zumeist schon tot oder auf irgendeine andere Weise aus unserem Leben verschwunden oder verbannt worden waren. Schallplatten (außer Willy de Ville, Bob Dylan, Eagles, Beatles, Randy Newman und Neue Deutsche Welle) wanderten in Jugend- und Altersheime. Erst später entdeckte ich, dass Klara heimlich Hannes-Wader- und Reinhard-Mey-LPs aufgehoben hatte. Bücher gaben wir auf den dörflichen Weihnachtsmarkt, den die Rotary-Club-Lehrersgattin organisierte.

«Ich brauche mehr Licht und Luft!», pflegte Klara zu sagen, und wir machten Luft und schafften Licht. Letzteres sollte die progressivste Phase unserer Runderneuerung werden, denn wir trennten uns von der Moderne: die mittels staubigen Drahtseilen verspannten Halogenleuchter wichen «normalen» Beleuchtungskörpern.

«Ich will endlich warmes Licht!», hatte Klara gefordert. Und es ward warmes Licht.

Mein argloser Wunsch, «ich will gekalkte

Wände, das Haus soll endlich atmen», erbrachte uns eine Renovierung des Hauses, deren Ausmaß unsere schlimmsten Befürchtungen übertraf.

Die Tapeten, so schien es, hatten unser Haus von innen wie der wilde Wein von außen zusammengehalten. Kaum hatten wir sie entfernt, drohte es, in sich zusammenzufallen. Alles brach, sprang, bröselte, geriet aus den Fugen, riss, rieselte, Schimmel trat zutage, Mäuseskelette kamen zum Vorschein. Und der eiligst vom dörflichen Stammtisch herbeigeholte Architekt, ein eifriger und ehrgeiziger ehemaliger Maurerpolier, der für die von uns so gehassten «Häuser mit den Schießschartenfenstern und Garagenmäulern» verantwortlich zeichnete, sprach nicht mehr von Renovierung, sondern von «Entkernung». Ein harmlos anmutender Begriff für den, der arglos ist, ein folgenschwerer für den Betroffenen.

Am Ende des Entkernungsvorgangs glich das Haus einer Ruine. Wir hätten neu bauen können, dachte ich des Öfteren. Doch die Schwarzarbeiter des Dorfes bekamen alles in den Griff. Endlich waren die Wände wieder verputzt und gekalkt, o welcher Genuss, was für ein Geruch! Die neuen Thermopane-Fenster waren eingesetzt, die Türen ebenfalls. Alles erstrahlte in vorwiegendem Mattweiß, und die Böden zierte ein Buche-Schiffsboden-Fertigparkett, das allerdings von selbst ernannten Kennern als «Laminat» denunziert wurde, was mich ärgerte, denn ich musste mir eingestehen, dass es zu billig gewesen war und darum mit Recht danach aussah. Klara störte außerdem, dass die Böden federten und man einen leicht trunkenen Gang anzunehmen gezwungen war.

«Darum heißt es ja Schiffsbodenparkett», sagte Joe, ein ehemaliger Theaterwissenschaftler mit Schreinerausbildung, dem ich ob seiner entnervenden pseudointellektuellen Daseinsdiskussionen nur zögernd unsere Bodengestaltung überlassen hatte.

Mein Sparwille – meist zu spät und oft an falscher Stelle eingesetzt – wurde von einer fatalen Großzügigkeit abgelöst. Teure Teppiche aller orientalischen Länder – Klara suchte zwei Wochen lang in halb Deutschland nach den richtig gemusterten Stücken – kaschierten das allzu Billige. Und unversehens bekam das Klare wieder Müsterchen, zierten die geraden, sachlichen Linien, die mich mit solchem Stolz erfüllt hatten, wieder Girlanden. Blumen wuchsen aus dem Boden, stilisierte Tiere wälzten sich im Wohnzimmer, Farben erschlugen sich gegenseitig. Flora und Fauna krochen über unser Schiffsbodenparkett, ich wurde schon vom bloßen Hinsehen seekrank. Aber Klara war so sehr gewillt, sich ihrem Zauber hinzugeben, und sie war so selig, weil wir bis jetzt völlig ohne das beliebte schwedische Möbelhaus ausgekommen waren, dass sie – nach einem Jahr zum ersten Mal wieder – auf unserer nepalesischen Wohnzimmersommerwiese, «garantiert nicht in Kinderarbeit hergestellt», wie sie immer wieder betonte, mit mir schlief. Es war das letzte Mal, so viel kann ich jetzt schon sagen. Es war bereits November, und uns war kalt, weil die Heizung nicht richtig funktionierte, womit ich nun zum eigentlichen Drama unseres neuen Lebens komme.

An die Heizung, die völlig zu erneuern war, wollte ich die Schwarzarbeiter nicht ranlassen. Da würde man gegebenenfalls Nachbesserungen, Beanstandungen, Gewährleistungsansprüche haben. Zu viel hatte ich bei Freunden mitbekommen, zu oft die Schauergeschichten nie enden wollender Ausfälle der Heizung an kalten Wintertagen gehört. Ich beauftragte die ortsansässige Firma «Breuer – Heizung – Klima – Sanitär», deren Inhaber Hans Breuer mir vom Stammtisch und in seiner Funktion als Feuerwehrhauptmann der Freiwilligen Feuerwehr bekannt war, der ich als stilles, nicht spritzendes, gelegentlich aber mittrinkendes Mitglied angehörte. Breuer sagte zu, aber er ließ sich Zeit, denn er hatte eigentlich keine Zeit. Als schließlich nach Wochen eine täglich wechselnde Kombination von Breuer-Handwerkern an die Arbeit ging, blutete mein Herz. Sie rissen die Wände wieder auf, bohrten Löcher, schlugen Schlitze, verlegten Unmengen von Rohren, stellten alles noch einmal auf den Kopf, um unserem Wunsch entgegenzukommen, Gas mit Solar umweltfreundlich zu nutzen. Siggi, ein gerade mal 22 Jahre alter Mann, blond, langmähnig, bodybuildingfeist, hielt die Fäden in der Hand. Er war Breuers Springer von Baustelle zu Baustelle. Mit Handy bewaffnet, sprang er aus dem Auto, ließ den Motor laufen, kontrollierte kurz seine Kollegen, gab Anweisungen, brachte Material, telefonierte mit Breuer, war immer in Eile und begegnete unseren bohrenden Fragen mit der unbekümmerten Feststellung, alles gehe seinen Gang, und bald würde es warm in der Bude. Die nächsten drei Tage brauche er die Männer zwar auf einer anderen Baustelle, danach aber, wenn nichts Unvorhergesehenes dazwischenkomme, man wisse ja nie, reiße man das hier runter.

«Ein netter, aufgeweckter Junge», sagte Klara. Ich sagte, was ich sagen wollte, nicht, denn unsere Nerven lagen blank, und es kostete uns Anstrengungen, neue Scharmützel zwischen uns zu vermeiden.

Es kam Unvorhergesehenes dazwischen, es ging nicht seinen Gang, und es wurde nicht warm in der Bude, obwohl es draußen langsam kalt wurde. Als wir, wenn die Sonne schien, heißes Wasser für täglich zwei Duschbäder hatten, war Jungsiegfried darauf stolz wie die Amerikaner auf die Mondlandung. Klara machte eine Flasche Sekt auf, wir feierten die Tatsache, dass die Sonne unser Wasser erhitzte. Warme Heizkörper stellte Siggi uns bereits für denselben Abend in Aussicht, Breuer kam auf einen Schluck vorbei, und wir träumten wieder einmal davon, dass sich alles, was unser neues Leben betraf, fügen würde.

Zum Beischlaf auf der nepalesischen, nicht von Kindern geknüpften Wohnzimmerwiese, den ich Klara an diesem Abend abtrotzen wollte, kam es nicht, da unsere Heizung im denkbar ungünstigsten Moment ein Verhalten an den Tag zu legen begann, mit dem sie uns über Wochen hinweg terrorisieren sollte. Blaff-blaff machte sie. Blaff-blaff, alle paar Minuten, blaff-blaff, stundenlang. Fehlzündungen! Blaff-blaff machte sie die ganze Nacht. Ich drehte alle Heizkörper ab, sie machte blaff-blaff, ich drehte alle voll auf, sie machte blaff-blaff. Sie machte blaff-blaff, weil sie mich verachtete. Ich fuhr im Schlaf auf, ich rannte durchs Haus, gejagt vom Blaff-blaff. Und Klara schlief. Dafür hasste ich sie.

Gerädert rief ich schon im Morgengrauen bei Breuer an. Er schickte Siggi vorbei. Der kam frisch geföhnt vorbei, gut gelaunt, nicht gerade arbeitsmäßig gekleidet, denn eigentlich habe er heute frei, schaute sich die Heiztherme an, lachte über das Blaff-blaff, das ja wirklich zu komisch sei und als Fehlzündung einen Haufen Gas rauspuste, müsse ich wissen, schimpfte auf die Idioten von Mitarbeitern, die natürlich den Elektroanschluss falsch installiert hätten, soweit er das jetzt überblicke, und versprach Willi, den dafür Zuständigen, vorbeizuschicken. Allerdings habe der heute und morgen wegen eines Todesfalls in seiner Familie frei, übermorgen aber sei er wieder da. Bis dahin stelle er die Heizung auf Kaminkehrerschaltung, da brauche sie zwar geil viel Gas, sei aber volle Pulle am Warmmachen, garantiert.

«Na siehst du», sagte Klara, «Siggi ist okay.» Ich schwieg, wir frühstückten, lasen die beiden Zeitungen, die lokale und die überregionale, stellten fest, dass es in den nächsten Tagen kälter werden sollte, rissen die Fenster auf, weil es zu warm wurde, drehten ein paar Heizkörper ab, und um 11 Uhr 17, ich schaute sofort auf die Uhr, gewillt, jetzt über alle Ansprüche an Breuer Buch zu führen, machte es blaff-blaff. Klara lachte. Ich floh nach draußen, wo es zu kalt war, ging wieder ins Haus, riss Fenster auf und schloss sie, wurde vom erbarmungslosen Blaff-blaff durchs Haus getrieben und an der Arbeit gehindert.

Ich verfluchte Breuer und alle sonstigen Feuerwehrhauptleute und Kleinunternehmer, Handwerker und Gewerbetreibende. Ich pries die Schwarzarbeiter, beneidete die Eskimos, wollte diese ganze verdammte Zivilisation vergessen, keine Frau, keine Söhne, kein Haus, keine Heizung haben, niemand, auch nicht ich sein, verschwinden, rückstandslos. Doch das Blaff-blaff hämmerte mir die Zeit ein und ließ mich leiden. Ich begann, mich am Telefon mit blaff-blaff zu melden, und es kam Kurzweil auf, denn jeder wollte wissen, was das zu bedeuten hätte. Ich erzählte, schmückte aus und ließ Fachausdrücke in

Gespräche einfließen. Ich rief blaff-blaff zum Fenster hinaus, sodass mich die an den letzten Äpfeln pickenden Amseln erstaunt anstarrten, ich sagte blaff-blaff statt guten Appetit, ich begrüßte Ulrich Wickert nach seinem «Guten Abend, meine Damen und Herren» mit blaff-blaff. Ich prostete Klara mit blaff-blaff zu, und sie hielt mich für verrückt. In dieser Nacht sperrte sie sich zum ersten Mal ein, was jetzt dank der neuen Türen möglich war. Fehlzündungen, Gasexplosionen, Verschuldung, Armut begleiteten meine Träume, und ich begrüßte den nächsten Morgen mit blaff-blaff.

Er brachte uns Willi ins Haus. Er war das Gegenteil von Siggi, klein, dicklich, unendlich bedächtig. Lange schaute er dem Blaff-blaff der Heizung zu, legte den Kopf schief und befand nach Minuten, dass es sich um Fehlzündungen handle, die nicht in Ordnung seien, denn normalerweise, so versicherte er, dürfe das nicht sein, ja es sei sogar so, dass er sich und uns gar nicht erklären könne, warum es überhaupt blaff-blaff mache, da doch, soviel er übersehen könne, alles in Ordnung sei. Nein, also, da wolle er mal ganz ehrlich sein, eigentlich dürfe die Heizung gar keine Fehlzündungen haben, unter uns gesagt.

«Aber sie macht sie doch, mein Gott!»

Das sei eben das Problem. Erst telefonierte er mit Breuer, dann mit Siggi. Der kam, und sie diskutierten fachmännisch das Phänomen, was damit endete, dass Siggi wieder ging und Willi begann, die Heizung in ihre Einzelteile zu zerlegen. Dreimal telefonierte er noch, einmal ging er nach Hause zum Essen, sechs Flaschen Bier trank er, zweimal ging er Ersatzteile holen, mehrfach fluchte er ausgiebig, und um fünf Uhr machte er Feierabend. Mühsam erklärte er uns, dass er morgen nochmal die ganze Elektrik durchchecken müsse, die Elektrik, wohlgemerkt, nicht die Elektronik, denn die, wenn es an der läge, die sei nicht sein Gebiet, dann müssten ganz andere her. Was das bedeutete und wer «ganz andere» sein würden, sagte er nicht, aber er versicherte uns, dass wir es heute Abend mit der Kaminkehrerschaltung warm hätten. Als er weg war, starrten Klara und ich auf die Dauerflamme des Brenners, gaben uns etwa fünf Minuten der Illusion hin, jetzt sei alles überstanden, da machte es einmal, dann noch einmal, dann wie gewohnt in Serie blaff-blaff.

Ich ging um 17 Uhr 30 in die Wirtschaft und betrank mich. Zu späterer Stunde tauchte Hans

Breuer mit ein paar Großbauern auf, mit denen er tagsüber Golf spielte. Ob denn jetzt alles in Ordnung sei?

«Nichts ist in Ordnung», sagte ich.

Jaja, meinte er nachdenklich und schob mir ein Glas Prosecco rüber, in den Heizungen stecke der Teufel. Immer wieder neue Technik, alles elektronisch, wer solle sich da noch zurechtfinden. Aber er habe glücklicherweise Siggi, um den ihn die Branche beneide, der kriege das schon in den Griff, denn der sei eine Konifere im Heizungsbereich.

«Prost auf Siggi!»

«Prost!»

Täglich stand uns nun die Konifere ins Haus. Die Intervalle des Blaff-blaff wurden länger, der Rekord waren zwei Tage. Sie tauschten alles aus, was man austauschen konnte, sie hatten schon ein festes Kontingent an Werkzeug bei uns deponiert, denn auch Siggi misstraute inzwischen dem immer nur zeitweilig herbeigeführten Frieden. Klara nahm alles gelassen hin, ich führte inzwischen über die Hausbesuche der Firma «Breuer – Heizung – Klima – Sanitär» Buch. Darüber zerstritten wir uns, nahmen die alten Kämpfe wieder auf, kamen an den Punkt, an dem wir uns einig waren, dass unser Versuch, ein neues Leben miteinander zu beginnen, gescheitert war. Die Heizung wurde das Symbol für unsere erneute Zerrüttung. Inzwischen war es Dezember, Klara zündete die Kerzen eines überdimensionalen Adventskranzes an, und die Heizung sang ihr Blaffblaff dazu. Ich packte zwei Koffer, legte Klara noch einmal dringend eine unnachgiebige Haltung gegenüber den Breuer-Leuten nahe, redete von einem harten Winter, von allzu hohen Gasrechnungen, vom Recht auf eine funktionierende Heizung, flocht kritische Warnungen Siggi betreffend ein, fand kein Gehör, legte die Bemerkung nach, dass der wohl doch keine Ahnung von den Neuerungen im Heizungswesen habe. Klara widersprach auf ihre Art.

«Der Junge ist sehr nett.»

«Nett sein kann ich selbst.»

«Kannst du nicht. Und er hatte eine schwere Kindheit. Seine Eltern sind beide Trinker.»

«Das interessiert mich überhaupt nicht», erwiderte ich, «wenn er es über Wochen nicht hinkriegt, die Heizung funktionsfähig zu machen.»

«Sie ist ja warm.»

«Aber sie macht blaff-blaff.»

«Ja und?»

«Und das muss ich nicht ertragen, nur weil dieser Junge eine schwere Kindheit hatte.»

Dieser Streit erleichterte uns beiden die Trennung, und ich zog in die Stadt, zunächst in die Wohnung eines in Amerika weilenden Freundes, um, von einer unaufdringlich funktionierenden Heizung gewärmt, mich selbst und die Vorstellung des Alleinlebens wiederzufinden.

Wir gefielen uns darin zu schweigen, nicht anzurufen, keine Zeichen zu geben. Ich wollte, dass Klara leiden sollte wie ich. Ich hoffte, dass es ihr auch schwer fiele, von mir nichts zu hören. Und ich redete mir Sorge um sie ein. Ich käme doch alleine klar, umgeben von der Unruhe der Stadt, den Freunden, den Gleichgesinnten. Aber sie da draußen in dem einsamen Haus, frierend womöglich! Durfte ich sie da einfach so im Stich lassen?

Weihnachten kam, und ich log mir vor, dass das nun alles andere als ein Grund sei, sich bei Klara zu melden. Ich würde am Heiligen Abend und in den Feiertagen allein sein, das wusste ich. Die meisten Freunde und Bekannten zogen sich in ihre Familien zurück, und die junge Schauspielerin, mit der ich eine neue Beziehung begonnen hatte, fuhr zu ihren Eltern nach Wien. Am Heiligen Abend ging ich in eine der trostlosen Kneipen, die geöffnet hatten. Da saßen nur solche wie ich. Alleinstehende, Gescheiterte und Selbstmitleidige wurden gemeinsam sentimental. Die Wirtin hatte einen kleinen Weihnachtsbaum geschmückt, den genossen wir verstohlen.

«Lieber heute allein als das ganze Jahr Krieg», sagte einer. «Ich hätte ein Recht darauf gehabt, die Kinder heute zu sehen, aber ich zwinge niemand. Ich hab ihr hundert Mark geschickt, das muss genügen. Prost auf das Jesuskind!»

Und langsam schlich einer nach dem anderen zur Telefonkabine, um irgendwo doch anzurufen, wo er noch vor Stunden nicht hatte anrufen wollen. So auch ich.

Klara war gleich dran. Im Hintergrund waren Menschen zu hören, und Hannes Wader sang zur Klampfe Schubert-Lieder. Damit hatte er zu meiner Entnervung schon unsere ganze Renovierungsphase begleitet. Ja, sie hätten es schön, die Jungs seien da und ihre Eltern und Siggi und Sonja, und mir gehe es hoffentlich auch gut.

«Nach den Feiertagen werde ich mal rauskommen – ein paar Sachen holen.»

«Tu das, aber melde dich bitte vorher an, ja?»

Weihnachtsgrüße gingen hin und her, dann musste sie auflegen, weil sie was im Backofen hatte. Mir war elend. Im Lokal fiel das keinem auf. Innerlich heulten wir alle, denn tief in jedem von uns machte es blaff-blaff.

Es ging ihr also gut. Siggi war Weihnachten bei ihr! Was soll das bedeuten? Was findet sie bei ihm, was er bei ihr? Ist er Geliebter oder Sohnersatz oder beides? Aber kann denn ein zweiundzwanzigjähriger Handwerker mit dummen blonden Locken eine fünfzigjährige Frau mit Bildung lieben, ohne dass das auf ihre Kosten geht? Müsste man sie schützen? Und wer ist Sonja? Eine Freundin der Söhne? Siggis Freundin? Eine Freundin von ihr? Hat sie jetzt vielleicht eine Freundin? Aber vor allem: Was ist das mit Siggi? Schläft sie mit ihm? Warum eigentlich nicht? Schlafe ich nicht auch mit Jenny, dieser siebenundzwanzigjährigen Schauspielerin? Und interessiert mich, wenn ich ehrlich bin, deren Kellertheaterschauspielerei mehr, als Klara das Heizungswesen interessieren kann? Verdammt nochmal, ich war eifersüchtig! Blaff-blaff, schrie ich zum Fenster hinaus. Kein Echo, keine Antwort.

Das neue Jahr verlangte zu früh Aktivitäten von mir. Ich sollte endlich ein neues Kinderbuch schreiben, für das ich schon vor längerer Zeit einen Vorschuss bekommen hatte, ich sollte mir eine Wohnung suchen, denn der Freund, bei dem ich jetzt wohnte, würde im Februar zurückkommen. Worüber sollte ich schreiben? Was interessierte Kinder? Wusste ich das noch? Man sagt meinen Kinderbüchern nach, dass sie wie aus dem Leben gegriffen seien und eine gewisse Leichtigkeit hätten. Doch jetzt fiel mir nichts ein, und leicht war mir schon gar nicht. Und wie sollte ich eine Wohnung finden? Wo suchen? Wo wollte ich überhaupt wohnen? Und wäre es gerecht, dass Klara das ganze Haus da draußen bewohnte und ich mich womöglich mit einer kleinen Stadtwohnung begnügen würde? Probleme, die ich nicht lösen konnte und wollte. Noch wollte ich leiden und mich bemitleiden. Das Frühjahr sollte mich auftauen, beschloss ich. Im März rief ich Klara an. Sie war ganz sachlich, ich merkte sofort, dass sie nicht wie ich litt. Sie redete über die Söhne, über das Konto und die Zukunft, von der sie eine ganz konkrete Vorstellung hätte, und dass wir darüber reden müssten, da sie sofort klare Entscheidungen brauchte.

Die Natur draußen war jetzt mit ihren zarten Farben sehr verführerisch, und ein Stück meiner Jugend, die ich auf dem Dorf verbracht habe, kroch wieder in mir hoch. Doch als ich vor dem

Haus vorfuhr, hatte ich bereits innerlich Abschied genommen vom Land, das mir zerstört, brutal und hässlich schien und keinen Reiz mehr für mich barg, für mich, der sich schon der Wiederverstädterung anheim gegeben hatte.

Vor dem Haus stand ein Müllcontainer, und auf Paletten waren Baumaterialien gestapelt. Es sah aus wie vor einem Jahr. Ich konnte mir das nicht erklären. Und da stand ein Auto von «Breuer – Heizung – Klima – Sanitär». Als ich durchs Gartentor ging, kam Siggi aus dem Haus.

«Hi!», sagte er, mehr nicht.

«Hallo!», antwortete ich und sah ihn ins Auto steigen und wegfahren. Dann war da auch schon Klara. Steif nahmen wir uns in die Arme. Ich suchte Worte.

«Ist die Heizung kaputt?»

«Nein, warum?»

«Breuer – Siggi –?»

«Ach so, nein, Siggi wohnt hier.»

«Er wohnt hier?»

«Mit Sonja, seiner Frau, die kriegt ein Kind, da konnten sie bei den Eltern in der Wohnung nicht bleiben. Hier ist Platz, sie sind sehr nett, im Mai kommt das Kind, Sonja will aber wieder arbeiten, ich kann mich dann kümmern.»

«Und das da draußen, das Bauzeug?»

«Wir bauen jetzt den Speicher aus. Dann haben sie mehr Platz.»

Ich stand im Flur wie ein Fremder. Wir gingen in die Küche, ich legte nicht einmal den Mantel ab, und sie forderte mich auch nicht dazu auf. Ich setzte mich.

«Geht es dir gut?»

«Interessiert dich das wirklich?»

«Soll es mich – soll es mich nicht?»

«Können wir in einem anderen Ton miteinander reden?»

«Wie du willst, das liegt an dir.»

Schweigen. Sie hatte sich vorbereitet, wusste, was sie wollte, und trug es auch vor, und es klang wie ein fertiger Vertrag, unter den wir nur noch unsere Unterschriften zu setzen hätten.

«Ich habe das Haus von einem unabhängigen Schätzer schätzen lassen. Er kommt auf 380000 Mark. Das Inventar, Teppiche, Bilder und so und die beiden Autos machen etwa 100000 aus. Das ist unser Zugewinn. Fallen auf jeden 240000 Mark. Deine beiden Lebensversicherungen haben einen Rückkaufswert – Stichtag 1. 1. diesen Jahres – von 75300 Mark. Davon steht mir die Hälfte zu. Ich kaufe dir das Haus ab, also deinen

Anteil – macht 240 000 minus der Hälfte aus dem Rückkaufswert, bekommst du von mir also 202 350 Mark. Auf einen Unterhalt, auf den ich Anspruch hätte, verzichte ich. Wir können das als notarielle Trennungserklärung machen, das ist billiger. Eine Scheidung kommt teurer. Ich brauche sie nicht. Aber das entscheidest du.»

«Warum», sagte ich, «willst du auf einen Unterhalt verzichten?»

«Ich brauche ihn nicht. Ich habe einen Roman geschrieben und verkauft und gutes Geld dafür bekommen, ich schreibe an einem neuen. Ich schreibe Geschichten aus dem Leben – nicht die große Literatur – einfach Geschichten aus dem Leben – darum will ich Leben um mich haben.»

«Und die 200 000, die du mir zahlen willst?»

«Sind von meinen Eltern. Vorgriff auf mein Erbe.»

Was sollte ich noch sagen, was tun? Ich verabschiedete mich, stellte in Aussicht, dass wir telefonieren würden, wurde von ihr nicht gehalten und konnte von mir aus nicht bleiben. An der Tür gaben wir uns einen kalten Kuss.

«Es ist auch deine Chance», sagte sie, «nutze sie.»

Ich holte mir mit ihrem Einverständnis noch die Willy-de-Ville-LPs aus dem Regal und ging. Als die Haustür geschlossen war, hörte ich von drinnen ein Geräusch. Ich war mir nicht sicher, ob es das Blaff-blaff der Heizung oder ein Seufzer von Klara war. Beides durfte mich jetzt nichts mehr angehen.

Ich fuhr über die Dörfer, dachte nach und wurde leicht. Das alles hätte ich mich nicht getraut vorzuschlagen. Aber es war das Beste für uns, es stellte auch für mein Leben die Weichen, denn seit ein paar Tagen wusste ich, dass Jenny ein Kind von mir erwartete. Ich hatte nicht gewagt, Klara davon zu unterrichten.

In der Stadt holte ich Jenny von den Proben ab. Ich hatte mir einen Kombi geliehen, um mit ihr zum IKEA hinauszufahren. Wir wollten dort den Grundstock für unsere Wohnung kaufen. Wir standen im Stau. Ich legte meine Hand auf ihren Bauch, und ich dachte an das Kinderbuch, das ich schreiben würde. In dessen Zentrum würde eine sprechende, launische, eine Familie terrorisierende Heizung stehen.

«Glaubst du, sie haben beim IKEA Wickelkommoden?»

«Glaube ich schon.»

Auch der Titel für das Buch fiel mir ein:

BLAFF-BLAFF.

Es würde ein Bestseller werden.

Der Mantel der Liebe

Die beiden Katzen liegen schnurrend aneinandergeschmiegt auf dem Pelzfutter meines Trenchcoats, den ich auf dem Bett ausgebreitet habe. Eigentlich kann ich den Anblick dieses Mantels nicht mehr ertragen. Die Katzen versöhnen mich mit ihm. Ich behalte ihn nur noch für sie, ziehe ihn niemals an, auch nicht an kalten Tagen mit Nieselregen, für die er gemacht ist – ein schöner, klassisch geschnittener, beigefarbener Trenchcoat, mit hellbraunem Bisamfell gefüttert, ein wertvoller Mantel. Er hat mich viel gekostet.

Ungefähr ein Jahr ist das jetzt her. Ich musste damals mehrmals in der Woche zu einem Heilpraktiker in unserer Nachbarstadt fahren, weil ich eine bestimmte Therapie brauchte, die es nur dort gab. Nach der Behandlung taumelte ich jedes Mal vor Erschöpfung und Verzweiflung und blieb noch ein wenig in der Stadt, trank einen Kaffee, fand mich und mein Los und mein Leben überflüssig, sinnlos, hatte keine Idee, wie es weitergehen sollte. Ich war schwer zu ertragen in dieser Zeit, gereizt, mürrisch, anklagend, nur Opfer, dabei war ich auch Täter – das weiß ich heute. Ich machte meinem Mann das Leben ordentlich schwer, diesem Mann, der seit Jahren still und freundlich meine Launen ertrug, der mich gut behandelte, aber wohl schon nicht mehr liebte. So etwas merkt man immer erst zu spät, dann, wenn man zu hoch gepokert hat und verliert. Manchmal begleitete er mich zum Heilpraktiker und bummelte, um mich aufzubauen, hinterher mit mir ein bisschen durch die Altstadtgassen. Er ermunterte mich, mir in den Geschäften etwas Schönes zu kaufen. Ich war unzufrieden, nichts gefiel mir, weil ich mir nicht gefiel.

An einem verregneten, besonders tristen Tag sahen wir in einer kleinen Boutique auf einem Bügel hinter der Kasse den Trenchcoat hängen. Es war Liebe auf den ersten Blick. Sein Pelzfutter lugte an Kragen und Ärmeln schmeichelnd hervor, das Ganze war eine atemberaubende Mischung aus sportlich und elegant, so einen Mantel wollte ich unverzüglich haben, wollte eine Frau sein, die so einen Mantel trägt, mit lässiger

Eleganz, die teure Seite nach innen. Mir schien, als könne in mein verkorkstes Leben wieder Schwung, Licht und Schönheit kommen mit diesem Mantel. Der Neuanfang – da hing er auf dem Bügel, und ich zeigte darauf und sagte: «Den da.»

In der Boutique gab es keine Mäntel außer diesem einen. Es gab Pullover, in Regalen geschichtet und auf Tischen ausgebreitet, es gab Twinsets, Seidentücher. «Den da», wiederholte ich, und mein Mann fragte die blonde junge Frau, die an der Kasse saß und las: «Was kostet der?»

Sie sah hoch, ein schmales, kluges Gesicht, sah ihn an, drehte sich um, schaute auf den Mantel, lachte und sagte: «Der ist nicht zu verkaufen. Das ist meiner.» Und mein Mann fragte: «Was lesen Sie da?» Sie hielt ihr Buch hoch. Es war *Geh, wohin dein Herz dich trägt* von Susanna Tamaro. «Und», fragte er, «worum geht's?»

«Worum es immer geht», lachte sie, «um die Liebe.» In diesem Augenblick hatte ich schon verloren, aber das wusste ich damals natürlich noch nicht. Er hockte sich vor sie auf die Theke, nahm das Buch und blätterte. Ich zeigte auf den Mantel.

«Können Sie mir den nicht verkaufen? Genau so einen will ich haben», sagte ich, und sie schüttelte den Kopf. «Nein», sagte sie, «den habe ich erst zwei Monate, lange dafür gespart, den gebe ich nicht her.» Ich war kurz davor, in Tränen auszubrechen, aber ich beherrschte mich. Ich weiß noch, dass ich hinter die Kasse ging und einmal das Futter streichelte. Der Mantel strömte einen zarten Parfümduft aus. «Komm», sagte ich zu meinem Mann, «dann lass uns gehen, ich kann diesen Mantel keinen Augenblick länger ansehen, ohne zu verzweifeln.»

Er gab ihr das Buch zurück, rutschte vom Tisch und fragte: «Und, folgt sie ihrem Herzen?»

«Das weiß ich noch nicht», sagte die junge Frau, «aber ich nehme es doch an.» Sie sahen sich an, ich ging schon zur Tür, und er kam nach und sagte: «Auf Wiedersehen.»

In den nächsten Tagen redete ich nur noch von diesem Trenchcoat mit Pelzfutter. Wie sollte ich ohne ihn weiterleben können? «Da, siehst du», sagte ich vorwurfsvoll, wenn mir mein alter Trenchcoat bei Regen durchnässt um die Schultern hing und ich fror. Ich fand, dass es in meinem ganzen Kleiderschrank nichts Schönes gäbe, weil dieses eine Glanzlicht fehlte. Ich ging durch die Läden in unserer Stadt, fand reichlich Trenchcoats, fand Webpelzfutter, einmal auch einen damenhaft geschnittenen Mantel, mit Nerz gefüttert. Es war nicht dasselbe. Ich wurde immer unzufriedener, ich dachte nur noch an den Mantel, wollte bei meinem nächsten Besuch in der Stadt bei der «Ziege», wie ich die Verkäuferin schon nannte, nochmal auftauchen und es mit ein paar Scheinen versuchen, Geld würde sie doch locken – aber immer kam etwas dazwischen, die Behandlung beim Heilpraktiker war erst in den Abendstunden oder ich fand keinen Parkplatz oder Mutter fuhr mich und wir mussten sofort zurück.

Mein Mann und ich stritten viel, redeten aber ansonsten kaum noch miteinander. Abends saß er in seinem Sessel und las *Geh, wohin dein Herz dich trägt*.

Dann kam mein Geburtstag. Ich rechnete mit dem Üblichen – Blumen, Bücher, ein Parfüm, «alles Liebe, Karoline», und dann lag, über meinem Stuhl am Frühstückstisch, einfach so hingebreitet, der Mantel. Dieser Mantel, ihr Mantel, ich roch sogar das feine Parfüm. Mein Mann küsste mich auf die Stirn.

«Herzlichen Glückwunsch, Karoline», sagte er. «Da hast du deinen Traum.»

Ich war sprachlos. Ich starrte den Mantel an,

fühlte das weiche Fell und fragte: «Wie hast du das geschafft?»

«Indem ich», sagte er, «so lange immer wieder hingefahren bin, bis sie ihn eines Tages rausgerückt hat. Freust du dich?»

«Ja», hauchte ich und zog den Mantel zum ersten Mal an. Ich konnte nicht einmal danke sagen. Ich fühlte, wie weich, wie warm, aber auch wie unerwartet schwer er war. Die linke Tasche war ein wenig eingerissen. Ich ging in den Flur, wo besseres Licht war und wo ein großer Spiegel hing, und sah mich an.

Ich sah eine dünne, blasse Frau mit einem erloschenen Gesicht. Der Mantel war mir zu groß, er war zu lang, die Schultern waren zu breit. Er hing an mir herunter wie tot. Fieberhitze stieg mir in die Wangen. Ich suchte meine Stiefel, zog sie an, legte einen Schal um den Hals – es half nichts. Der Mantel stand mir nicht, er passte nicht zu mir, ich sah grotesk verkleidet darin aus.

Ich setzte mich auf die Treppe und schluchzte. Mein Mann kam aus dem Wohnzimmer, sah mich verblüfft an. «So sehr freust du dich?», fragte er.

«Er steht mir nicht!», schluchzte ich. «Bring ihn zurück.» Er stand auf. «Ich denke nicht daran», sagte er. «Fünfmal bin ich zu Isabella gefahren, bis ich sie endlich so weit hatte, mir den Mantel für dich zu geben. Ich mache mich doch jetzt nicht lächerlich und bringe ihn zurück.»

Isabella? Ich schniefte, putzte meine Nase und sah hoch. Ich sah ihn an, er wich meinem Blick aus. Ich zog den Mantel aus, hängte ihn auf einen Bügel und ging zurück zu meinem Geburtstagsfrühstück. Ich hörte die Haustür schlagen, mein Mann war gegangen.

Er verließ mich etwa drei Wochen später. Er ließ mir das Haus und die Katzen und zog zu Isabella. Geh, wohin dein Herz dich trägt. Wir sind noch nicht geschieden, aber das kommt wohl noch, denn sie will ihn heiraten. Zur Hochzeit werde ich ihr den Trenchcoat zurückschenken, mit allen Katzenhaaren auf dem Innenfutter.

Wenn Vater seine von uns allen gefürchtete gute Laune bekam

Wenn mein Vater am Freitag, von kollegialen Schnapsrunden in der Betriebskantine ins fröhliche Wochenende geschickt, erst mit dem letzten der drei Abendbusse nach Hause kam, konnte es sein, dass er gute Laune hatte. Empörend gute Laune. Dann waren seine Wangen gerötet, seine Augen hatten einen flackernden Glanz, seine Hände, die stets eine Zigarette hielten, zitterten fahrig, und seine Stimme bekam eine beängstigend laute Entschiedenheit, die keinen Widerspruch dulden wollte. Meine Mutter seufzte dann, doch das war weit entfernt von irgendeinem Einspruch gegen das, was Vater nun verkündete. Meine Mutter widersprach meinem Vater nur innerlich, was sich durch duldsames Nicken und darauf folgende stundenlange Sprachlosigkeit offenbarte. Dreißig Jahre später, als mein Vater tot war, widersprach sie ihm so aufwendig und bei jeder Gelegenheit, als wollte sie sich nachträglich für alle zu seinen Lebzeiten durch seine gute Laune zerstörten Wochenenden rächen. Und für noch viel mehr.

Mir ist es immer ein Rätsel geblieben, wieso mein Vater, der sich weder je um unsere Erziehung noch um irgendwelche schulischen Leistungen oder Termine kümmerte, seine von uns so gefürchtete gute Laune immer an den Wochenenden bekam, an denen wir samstags schulfrei hatten. Und ich erinnere mich, dass mein Vater mit seiner unerbittlich guten Wochenendlaune immer einen sonnigen Samstag herbeizuzaubern vermochte. Ich kann mich nicht erinnern, dass die von Vaters Laune verordneten Samstagsfamilienausflüge je wegen schlechten Wetters ausgefallen wären, und ich bin mir ziemlich sicher, sie hätten auch bei schlechtem Wetter stattgefunden.

Unser Vater verkündete also beim freitäglichen Abendessen: «Morgen machen wir's uns richtig schön. Wir fahren in die Stadt, wir machen einen Ausflug!»

Unsere Mutter und wir schwiegen. Wir brauchten ihm weder Zustimmung noch Begeisterung zu zeigen. Die hatte er selbst, das genügte ihm vollauf. Beklommen schlichen wir freiwillig früh in die Betten, denn an Ausschlafen würde nicht zu denken sein. Einen Wecker brauchten wir nicht. Mit dem Hahn des Nachbarn krähte Vater bei Sonnenaufgang um die Wette.

«Kinder, was für ein Wetter!», schrie er durchs Haus.

Er polterte, pfiff fröhlich und ergoss seine ganze Guten-Morgen-Laune in unsere Schuhschachtel von Fünfziger-Jahre-Haus. In unserem Bad von der Größe eines Vorlegeteppichs hatte er bereits drei Zigaretten geraucht und seine von uns so gehasste, täglich exakt zur selben Zeit verrichtete morgendliche Notdurft hinterlassen, deren Duft sich erst nach Stunden verflüchtigt hatte. Wir zogen es vor, uns im Garten mittels Gartenschlauch zu waschen, während unsere Mutter blass und stumm duldend das Frühstück bereitete. Mir war schon damals klar, dass sein bis zum ersten Schluck Kaffee nicht verstummendes, so fröhliches wie falsches Pfeifen von gängigen Schlagern wie *Marina* oder *Anneliese, ach, Anneliese* für meine Mutter, die als höhere Tochter musisch gebildet aufgewachsen war, Peitschenhiebe waren. Für uns Kinder war es nur wieder ein verlorener, der guten Laune des Vaters zu opfernder, schulfreier Tag.

Kaum hatten wir unseren Milchkaffee getrunken, gab Vater bereits ungeduldig die Order aus, man könne den 9 Uhr 14 bekommen, wenn nun nicht noch weiter unnötig herumgetrödelt würde.

Schon gingen wir durchs Dorf. Vom Oberdorf zum Unterdorf, an allen Höfen vorbei, wo Bauernkinder spöttisch und schadenfreudig winkten, hinunter ins Moos, wo meistens noch ein Frühnebel hing, quer durch die Wiesen, und dann auf einer geschotterten Straße zum Bahnhof. Vier Kilometer in strammem Marsch.

Er ging voran, der Geißmilli-Mann mit seiner Frau und seinen Kindern, kräftig einherschreitend, der Einmeterachtundneunzig-Mann, dahinter unsere Mutter, verbissen mit ihm Schritt haltend, und wir, wie rennende Orgelpfeifen, mein Bruder, ich und am Ende meine Schwester.

Die Bezeichnung Geißmilli-Mann, die Dorfkinder meinem Vater ungeniert hinterherriefen, hatte er einer seiner Marotten zu verdanken. Er schwor im Gegensatz zu allen anderen in diesem bayerischen Dorf, die Kuhmilch tranken, auf Ziegen-, also Geißenmilch. Über die Gründe dafür konnte er lange Vorträge halten, und er hielt sie auch. Ich habe sie oft gehört, aber nie begriffen.

Peinlich war es für mich immer dann, wenn Vaters Ausführungen über die Vorzüge der Ziegenmilch mit der Feststellung endeten:

«Ziegenmilch ist auch die beste geistige Nahrung, das seht ihr daran, dass meine Kinder auf die höhere Schule gehen und eure nicht.»

Ich trank damals bei den Bauern heimlich Kuhmilch und träumte davon, Schreiner zu werden. Und ich sah den Pfarrer und den Volksschullehrer als Beweis gegen die Theorie meines Vaters an. Beide stammten von Bauernhöfen, waren mit Kuhmilch aufgewachsen und hatten studiert, während es mein Vater trotz angeblich lebenslanger Ernährung mit Ziegenmilch eigentlich zu nichts Vernünftigem gebracht hatte. Er hatte weder studiert noch ein Handwerk gelernt. Unsere lebenskluge Nachbarin, die immer auf alles eine passende Antwort hatte, sagte einmal: «Euer Vater hat Mundwerk gelernt.»

Uns und unsere Mutter zogen die Dörfler übrigens mit den Marotten unseres Vaters nie auf. Sie hatten ein genaues Gespür dafür, wie wir unter diesem Vater litten und dass wir nichts für ihn konnten.

Wir gingen nun also den Weg zum Bahnhof zu Fuß, den wir Fahrschülerkinder täglich bei Wind und Wetter mit dem Fahrrad fuhren. Da unser Vater nicht Rad fahren konnte, weil er seinen Gleichgewichtssinn – wie andere Beine, Arme oder den Verstand – im Krieg verloren hatte, marschierten wir also, anders konnte man es nicht nennen.

Natürlich bekamen wir den Zug um 9 Uhr 14 immer. Wenn er 10 Minuten Verspätung hatte, was gelegentlich passierte, dann verhöhnte mein Vater die Bahn, die sich solche Unregelmäßigkeiten nicht geleistet hätte, wäre er dort verantwortlich gewesen.

Während der Fahrt zeigte uns der Vater, was wir doch täglich sahen, und er erklärte, was wir längst wussten. Er begutachtete und beurteilte die Felder, er nannte die Namen der Orte, deren Kirchtürme in der Ferne zu sehen waren, und er pries den Tag, das Wetter und das, was er alles für die Familie tat, weswegen grundsätzlich Dankbarkeit angebracht sei. Wir waren müde, hörten nicht zu und ergaben uns in das Schicksal, das Vaters gute Laune uns bescherte. Diese Laune hatte etwas mit harmlosen Krankheiten gemeinsam, sie war nicht ansteckend.

Unsere Mutter blieb während der Fahrt stumm. Sie schaute auf die reizlose bayerische

Agrarlandschaft, und manchmal seufzte sie, was Vater sofort zu der Feststellung veranlasste, man werde ja gleich ankommen, etwas Geduld könne man ja wohl doch erwarten, und was solle er sagen, der er täglich morgens und abends jeweils 37 Minuten im Bus nach München sitze, nur um das Geld fürs Leben ranzuschaffen.

Heute weiß ich, dass meine Mutter sich damals dahin zurücksehnte, wo sie jetzt als Greisin in ihrer Vorstellung wieder angekommen ist, in ihre Kindheit an der Ostsee.

Der Zug kam, wenn er pünktlich um 9 Uhr 14 abfuhr, 32 Minuten später, um 9 Uhr 46, in der Kreisstadt an. Hatte er bei uns 10 Minuten Verspätung und holte aber auf der Strecke, von unserem Vater mittels ständigem Uhrenvergleich an den einzelnen Stationen begleitet, fünf Minuten auf, sodass er um 9 Uhr 51 ankam, ließ es sich mein Vater auch von meiner Mutter nicht nehmen, an die Spitze des Zuges zu gehen, um den Lokomotivführer persönlich zu begrüßen und ihm sein ausdrückliches Lob für sein Verantwortungsgefühl gegenüber dem Fahrgast auszusprechen.

Dann marschierten wir wieder, vom etwas auswärts gelegenen Bahnhof zum Marktplatz. Das dauerte während der Woche, wenn wir zur Schule gingen, etwa 15 Minuten. Mit unserem Vater dauerte es 9 Minuten, sodass im Normalfall die Dom-Uhr 10 Uhr schlug, wenn wir auf dem Markt ankamen, was Vater mittels Stehenbleibens und andächtigen Mitzählens der Glockenschläge genoss. Solche Tage erfreuten unseren Vater persönlich und waren ihm, der schon als Soldat Pünktlichkeit zu schätzen gelernt hatte, willkommener Anlass, beim Jungbräu schon mal ein Bier zu trinken, während wir mit Mutter, der er etwas Geld gab, über den Markt gingen.

Außer Schnürsenkeln, etwas Nähseide oder Garn, Gummiband oder einem Reißverschluss kaufte meine Mutter auf dem Wochenmarkt nichts, denn Obst und Gemüse, das hatte ihr unser Vater vorher noch gründlich eingetrichtert, kriegten wir draußen bei den Bauern billiger. So hielt also unsere Mutter getreu seiner Weisung das Geld zusammen, während er Bier um Bier trank, sich in den Mittelpunkt der Markttagsgesellschaft im Jungbräu schwadronierte und Runden ausgab. Manchmal kaufte uns die Mutter eine Kugel Eis. Sie musste das heimlich tun, denn Naschen, wie er das nannte, konnte Vater auf den Tod, wie er sagte, nicht leiden. Nachdem wir aber einmal in seinem Bastelkeller ein verstecktes Depot mit Süßigkeiten entdeckten, nahmen wir auch das nicht mehr ernst.

Wenn wir dann, wie verabredet, um 11 Uhr 30 im Jungbräu auftauchten, hatte Vater schon alles in der Hand, gab den Ton an und die Getränke aus. Der Mundwerker war in seinem Element, aus dem er sich unsertwegen nur ungern verabschieden wollte. Er hielt Vorträge, erzählte Geschichten, riss Witze, wusste alles besser, und die Runde hörte ihm geduldig zu, nach dem allen vertrauten Motto: Wer zahlt, redet. Dass viele von ihnen meinen Vater für einen wichtigtuerischen Hampelmann, einen (preußischen) Spinner, einen Quatschkopf hielten, merkte ich schon sehr früh an der mitleidigen Art, mit der sie uns und vor allem unserer Mutter begegneten.

Einmal, das war für uns besonders peinlich, machte er vor, wie man sich vor der Strahlung nach einem Atomschlag schützen konnte. Die Gefahren, so sagte er, würden völlig überschätzt werden, jedermann könne sich mit einfachsten Mitteln schützen, wenn er wie er Bescheid wisse. Am Ende des Vortrags lag unser Vater flach auf dem Boden hinter einer Bank der Wirtschaft und hielt sich schützend eine Aktentasche über den Kopf.

«Und so lange verharren», schrie er, «bis Entwarnung gegeben wird!»

Der Beifall derer war ihm sicher, die einen wie ihn brauchten, einen Spaßvogel, einen Alleinunterhalter, einen Clown, der auch noch ein Bier dafür ausgab, dass man ihm zuhörte. Es war die Nachkriegszeit, fünfziger Jahre. Es ging noch nicht allen gut. Viele hatten noch den Krieg im Gesicht, manche noch keine Existenz, der eine oder andere noch kein Dach über dem Kopf. Da war man dankbar für die billigen Späßchen, die etwas von Frontunterhaltung hatten. Blasse, ausgemergelte Gestalten standen oder saßen da und fanden schon jetzt am Vormittag Trost im Alkohol. Sie waren Vaters Publikum. Sie hörten ihm zu, denn was *sie* zu erzählen gehabt hätten, interessierte niemanden mehr.

Manchmal sahen wir sofort, wenn wir mit Mutter in den Jungbräu kamen, dass unser Samstagsfamilienausflug hier schon sein Ende finden würde. Entweder war Vaters gute Laune schon in zu viel Bier ertränkt worden und einer dumpfen Gleichgültigkeit gegenüber Familie, Frau und Kindern gewichen, oder sie wurde in lauten

Streitigkeiten zerrieben, in die Menschen den Vater verwickelt hatten, die ihm nicht kampflos das Terrain der Alleinunterhaltung überlassen wollten. Wie auch immer, wir bekamen jeder ein Würstchen mit Kartoffelsalat, eine Limonade und lehrreichen Einblick in unseres Vaters Wichtigkeit. Dann machte Mutter den kurzen, meist vergeblichen, von ihr auch nur aus irgendeinem Gefühl der Fürsorge für ihn entstandenen Versuch, Vater loszueisen, was selten gelang. Also gingen wir zum Bahnhof und fuhren mit dem nächsten Zug zurück. Das hatte für uns den Vorteil, dass wir vom Samstagnachmittag noch was hatten. Vater kam meist tief in der Nacht, manchmal von irgendwelchen Leuten mit dem Auto gebracht, völlig betrunken, gelegentlich auch von der Polizei irgendwo aufgegabelt und zu Hause abgeliefert.

Wenn aber um 11 Uhr 30 im Jungbräu die gute Laune unseres Vaters gerade ihren Höhepunkt erreicht hatte, dann war er wild entschlossen, das Familienprogramm gnadenlos durchzuziehen.

«Der Berg ruft!», rief er, stand auf, huldigte seinem Publikum, ging voraus, und wir folgten ihm.

Wieder marschierten wir. Diesmal quer durch

die Stadt, eine schmale Gasse entlang, hinauf zu dem Berg, auf dem Gärtnerei, Gartenbauschule, Landwirtschaftsakademie, eine Brauerei und natürlich ein Biergarten waren. Die gute Laune schritt mächtig voraus, wir hechelnd hinterher. Bei diesem Gang konnte es sein, dass meine Mutter Wörter wie «schämen», «zum Narren machen», «Gespött der Leute» oder «Geld zum Fenster hinaus» aufs Pflaster warf. Erst stellte sich der Vater taub, dann schrie er zurück, wenn sie gar nicht aufhören wollte. Er, sagte er, halte die Woche über den Kopf hin, arbeite sich auf, lasse sich wer weiß wie von wer weiß was für Idioten etwas sagen, nur um diese Familie zu ernähren, und dann vermiese man ihm die paar unschuldigen Bierchen. Mutter resignierte am Ende immer.

Nur einmal, ich glaube, das war nach dieser Atomschlagüberlebensdemonstration, blieb meine Mutter plötzlich mitten in der Berggasse stehen und schrie und schrie, als seien ihr tausend Messer in den Kopf gefahren. Wir blieben stehen und starrten sie an.

«Andere werden dafür bezahlt, dass sie den Clown machen!», schrie sie so laut, dass an den Fenstern Köpfe erschienen. Dann drehte sie sich um und ging zum Bahnhof. Nie habe ich meinen Vater so sprach- und ratlos gesehen. Verwirrt folgte er ihr und wir ihm. Stumm saßen wir im Zug, Mutter beachtete Vater nicht, schaute durch ihn hindurch auf die Landschaft, die ihr vielleicht wieder das Meer war, der Sandstrand von Travemünde, an dem sie mit ihren drei Schwestern entlanglief, lachend, balgend, unbeschwert, behütete Großbürgerkinder.

Ich glaube, es war das einzige Mal, dass wir alle fünf schon am frühen Samstagnachmittag nach Hause kamen. Vater und Mutter sprachen tagelang nicht miteinander. Ein stummer Krieg tobte, den er natürlich irgendwann gewann.

Gemeinhin folgte mein Vater dem Ruf des Berges und wir ihm. Müßig, zu erwähnen, dass es den Vater selbstverständlich und ausschließlich in den Biergarten zog. Um das nicht ganz offensichtlich erscheinen zu lassen, bemühte er sich, uns ein um unsere Bildung bemühter Vater zu sein. Er erzählte von den drei Bergen der Stadt, dem Nährberg mit Brauerei, Landwirtschaftsinstituten und Gärtnereien, dem Wehrberg mit den diversen Kasernen und dem Lehrberg mit den verschiedenen Gymnasien und anderen Schulen. Und von jenem aus den Wäldern gekommenen

Mönch erzählte er, der hier auf diesem Hügel einen Bären durch Beten gezähmt hatte und aus purer Dankbarkeit gegenüber Gott sofort begann, Bier zu brauen und eine Schänke und ein Kloster aufzumachen. Unseren ganzen heimatkundlichen Lehrstoff, mit dem uns unsere Lehrer nervten, redete er an uns hin.

Am Berg angekommen, machte er den Vorschlag, dass wir mit Mutter die Gärtnerei und deren Staudengarten besuchen sollten, während er schon mal zum Biergarten gehe, damit man dann nachher zum Mittagessen auch sicher einen Platz habe. Von uns erleichtert strebte er mit nach Abenteuern gierendem Blick zielbewusst neuen Bieren, neuen Menschen, neuem Publikum zu.

Lustlos folgten wir der Mutter in ein Reich, das das ihre war, Gärten. Hier verlor sie sich und uns. Sie roch an allem, fasste Blätter an, zupfte welche ab, zerrieb sie zwischen den Fingern, biss in sie hinein, streichelte Rispen, hielt aufkeimende Knospen behutsam in Händen, strahlte angesichts einer seltenen großblumigen Rose, sagte andächtig die Namen, die auf Schildern standen, vor sich hin. Da verteilte sie all ihre Zärtlichkeit, die sie für uns kaum und unseren Vater überhaupt nicht aufzubringen vermochte. Sie fasste jede Blüte an, als hätte sie die Augen in den Fingerspitzen. Jahrzehnte später, anlässlich eines Klassentreffens, beobachtete ich in demselben Staudengarten Blinde, denen man die Pflanzen nahe brachte. Ich musste an meine Mutter denken, als ich sah, wie sie sich die Schönheit einer Blüte oder eines Blattes ertasteten.

Uns Kindern erschloss sich diese Welt nicht. Lustlos folgten wir ihr, knufften und ärgerten uns, stritten und dachten doch nur an das, was wir versäumten. Jetzt war Zeit, Fußball zu spielen, Forellen mit der Hand zu fangen und an einem Lagerfeuer zu braten, die Indianer des Unterdorfs vernichtend zu besiegen, ein Hornissennest unterm Kirchendach auszunehmen, in den unterirdischen Gängen aus dem Dreißigjährigen Krieg herumzukriechen. Stattdessen: Campanula carpatica, Geranium grandiflorum, Digitalis purpurea, Hosta lancifolia, Helleborus niger, Delphinium cultorum.

Selbstverständlich hatte unser Vater, als wir in den Biergarten kamen, längst Anschluss gefunden, neue Freunde aufgetan, deren Vornamen er uns schon entgegenschleudern konnte. Und mit der Kellnerin hatte er wie immer schon so innigen Kontakt, dass das Bestellen von drei Limonaden für uns und einem Wasser für die Mutter bereits zu einem ausgedehnten Flirt geriet. Er rief sie beim Namen, nahm sie kurz um die Hüften, stellte ihr die Mutter als seine Gemahlin vor und uns als seinen gelungenen Nachwuchs und rief, als müssten es alle im Biergarten hören:

«Und mir machst du noch ein Maß, Burgel!»

Ich schämte mich. Ich schämte mich dafür, dass er kein Bayrisch konnte und die *Mass* wie Maß statt wie Fass aussprach und nicht *eine Mass*, sondern ein Maß sagte, ich schämte mich dafür, dass die Kellnerin ihn beim Vornamen nannte und ihre ganze aufdringliche Üppigkeit ohne Rücksicht auf meine Mutter an ihn hindrückte – wie auch an andere Männer an anderen Tischen –, ich schämte mich dafür, dass er zu laut sprach, was ein untrügliches Zeichen dafür war, dass seine gute Laune in euphorische Bereiche übergegangen war.

Später, als er schon tot war und ich so alt wie er damals, tat er mir Leid. Wir sahen auf Fotos wie Zwillinge aus, ich aber hatte alle Trümpfe des Lebens in Händen. Wie viele dieser Männer an den Biergartentischen war er zu lange im Krieg gewesen, war heimgekehrt zu einer Frau und Kindern, die auch ohne ihn klargekommen waren, in ein

Bett, in dem es keine Liebe und keine Leidenschaft mehr für ihn gab, nur die stumme, regelmäßige Duldung, die wenigstens sicherstellte, dass die hungrigen Mäuler der Kinder gestopft wurden.

Dabei gab er sich so viel Mühe. Er wollte uns ein guter Vater und seiner Frau, die am Beginn des Krieges auf sein Mundwerk hereingefallen war, alles sein. Er war ihr nichts. An ihrem stummen Vorwurf, er habe sie heruntergezogen, zwinge sie, die ganz anders groß geworden war, zu einem unwürdigen Leben auf einem Dorf, ohne auch nur die geringste finanzielle Sicherheit, geschweige denn mit Luxus, prallten alle seine oft großspurigen, aber auch rührenden Bemühungen ab.

Er war nicht, was er behauptete, und er hatte nicht, was er ausgab. Sein immer erzwungenes Lachen über das Leben entstellte ihn. Er nutzte fast alle Chancen, aber er hatte keine, das machte ihn meist lächerlich. In Mutters Augen sowieso.

Da saß er nun unter den Kastanien und gierte nach Gesellschaft, nach Anerkennung, nach Bewunderung. Die Großzügigkeit, die er, was seine getrunkenen und ausgegebenen Biere betraf, sich selbst gegenüber hatte, übertrug er jetzt auch auf uns. Er bestellte lauthals bei Burgel die Speisekarte und sagte dann bis zu anderen Tischen hin hörbar den Satz, den ich so hasste, weil er einerseits seine Generosität bezeugen sollte und doch andrerseits unsere wirtschaftliche Situation, die der Mutter stets Sorge bereitete, verbarg:

«Heute machen wir's uns aber mal richtig schön, wir gucken überhaupt nicht auf die Preise!»

Das hieß für uns statt Würstchen mit Kartoffelsalat Leberkäse mit Bratkartoffeln und für ihn Schweinebraten. Mutter wollte immer nur einen kleinen Salat, was er mit der Bemerkung quittierte:

«Du immer mit deinem Salat. Salat haben wir zu Hause auch. Leiste dir doch auch mal was, Mutter.»

Wie sie das liebte, wenn er sie Mutter nannte!

«Schau, die haben hier Stro*ga*noff. Nimm doch das Stro*ga*noff.» Er sagte Stro*ga*noff, mit der Betonung auf der zweiten Silbe, was Mutter spitz und beinahe hasserfüllt korrigierte, um dann doch ihren Salat zu bestellen.

Er wollte so gern großzügig sein, aus dem Vollen schöpfen. Was ihm immer verbal gelang,

Menschen für kurze Zeit in Bann zu ziehen, hätte er gern auch mit Geld demonstriert. Er konnte aber nur mit Worten freigebig sein. Sonst hatte er nichts, allenfalls seinen knöchernen Charme. Doch das war zu wenig für die Mutter.

Das Essen kam, er schlang es achtlos in sich hinein, trank weitere Biere. Er drang an andere Tische vor, füllte die Ecke des Biergartens, imponierte, wurde belächelt oder als interessant empfunden. Er wusste zu gefallen, und er hatte ein untrügliches Gespür für sein Publikum. Willfährige Opfer bugsierte er, obwohl anderswo auch Platz gewesen wäre, an unseren Tisch, zog sie sofort in ein Gespräch, forderte sie heraus, von sich zu erzählen und lauerte auf Stichworte. Er war in seinem Element.

Er sprach Recht, brach Tabus, dröhnte und tönte, lachte über seine eigenen Witze, wusste tausend Geschichten und zu jedem aufkeimenden Thema eine Anekdote. Er lobte die Amerikaner und die Atomkraft, warnte vor den Russen, hasste die Franzosen und die Engländer, hielt den Krieg nachträglich für gewinnbar, pries die Ziegenmilch und die Juden, hielt von deren Intelligenz viel, von der der Neger und der Frauen wenig. Ihm, so sagte er, habe es noch nie geschadet, dass seine Frau mehr mit dem Herzen als mit dem Kopf durchs Leben gehe.

Uns hatte er irgendwann völlig vergessen. Wir hätten uns unauffällig davonmachen können, er hätte es erst einmal gar nicht gemerkt.

Mutter war längst versteinert. Mit viel sagenden Blicken hatte sie sich mit anderen, ebenfalls schweigend neben ihren trunkenen Hähnen sitzenden Frauen verständigt und solidarisiert. Sie saßen da wie Denkmäler, schauten verächtlich dem Treiben der Männer zu und dachten an die Kriegsjahre, in denen sie ohne die ausgekommen waren. Und sie träumten von der Zeit, da sich die Beschäftigung mit ihren Ehehälften auf Grabbesuche beschränken würde, da sie über ihre Zeit, ihren Körper, ihr Geld selbst verfügen konnten. Denn dass sie diese vom Krieg angeschlagenen Wracks, die sich da alkoholgetränkt verausgabten, überleben würden, daran hatte wohl keine von ihnen Zweifel. Die meisten, wie meine Mutter zum Beispiel, sollten ja Recht behalten.

Nachdem wir gegessen und Kaffee getrunken hatten, machte meine Mutter zum ersten Mal den Vorschlag zu gehen. Das wollte der Vater gar nicht hören. Und wenn er es hörte, dann meinte er, dass doch jetzt gerade erst der gemütliche Teil des Familienausflugs angefangen habe, und sie könne ja mit den Kindern mal das Kloster und die Brauerei angucken, während er sich mit den interessanten Leuten unterhalte. Wir kannten alles, was man an Kloster und Brauerei besichtigen konnte. Also spielten wir mit anderen, ebenso nutzlos hier heraufgeschleppten Kindern, oder wir ärgerten unsere Eltern, indem wir so stark Dialekt miteinander sprachen, dass sie nichts verstanden, was eine unserer kleinen Waffen gegen sie war.

Manchmal kam es vor, und das war für uns Kinder besonders peinlich, dass Schulkameraden mit ihren Eltern hier heraufkamen und unserem Vater in die Hände fielen. Da produzierte er sich darin besonders, denn er wollte mit aller Gewalt vor den gut situierten Kleinstädtern den Eindruck widerlegen, wir seien rückständig, weil wir vom Dorf kämen. Da gab er den Mann von Welt, den Weitgereisten, der von Ländern erzählte, die alle anderen nie gesehen hatten. Wir wussten, dass er log, dass er alles nur gehört und zusammengelesen hatte. Wenn unser Vater an einen unserer Lehrer geriet, dann wollten wir vor Scham in den Boden versinken.

Einmal traf es sich, dass der Chefarzt der Stadtklinik, dessen Sohn in meine Klasse ging, mit Familie bei uns am Tisch saß. Das passte mir von vornherein nicht, weil ich den hochnäsigen, dicklichen, verwöhnten Angeberjungen überhaupt nicht leiden konnte. Vater aber wuchs über sich hinaus, verstieg sich zu der Behauptung, dass die Medizin eigentlich seine Bestimmung gewesen wäre, hätte nicht der Krieg seine Träume zerstört. Er warf mit medizinischen Begriffen um sich, die er als Sanitäter im Krieg gelernt hatte, und er brachte Krankheiten zur Sprache, die er durchgemacht habe, von denen wir nie etwas gewusst hatten.

«Eigentlich, Herr Doktor», sagte er, «dürfte ich schon gar nicht mehr am Leben sein.»

Ich glaube, das dachte meine Mutter in dem Moment auch. Und auch der Chefarzt, ein eher zurückhaltender, freundlicher Mann, zeigte kaum Rührung. Da unsere Mutter in der Frau des Chefarztes unverhofft eine Gesprächspartnerin fand, mit der sie über die gemeinsame Berliner Herkunft sprechen konnte, wurde dieser Nachmittag sehr lang. Und er endete mit einer großen Peinlichkeit.

Als meine Mutter merkte, dass mein Vater immer betrunkener wurde und dem Doktor schon jovial auf die Schulter klopfte, drängte sie ganz entschieden zum Aufbruch, mit der Ankündigung, jetzt unverzüglich mit den Kindern zu gehen, notfalls auch ohne ihn. Endlich kam es zum Zahlen. Vater schäkerte noch mit Burgel, was auch der Frau des Doktors merklich missfiel, dann wollte er zahlen, doch sein Geld reichte nicht. Es fehlte eine Summe, deren Höhe ich heute nicht mehr weiß, es war jedenfalls mehr als mein monatliches Taschengeld. Wir schämten uns in den Boden. Burgels freigebige Üppigkeit schlug in entschiedene Ungeduld um. Vater suchte Ausflüchte, wollte nächste Woche mit dem Geld wiederkommen. Der Chefarzt reichte dem Vater einen Geldschein. Vater zahlte und versicherte mehrmals, dass sein Sohn – ich in dem Fall – diesen Schein natürlich sofort am Montag an den Herrn Sohn des Herrn Doktors aushändige, das sei doch Ehrensache, in solchen Dingen sei er sehr genau.

«Auf Heller und Pfennig», schrie er, «wird diese Schuld beglichen, Herr Doktor! Herr Doktor, Sie sind ein feiner Mann!»

Er verbeugte sich, gab dem Doktor die Hand, der Gattin einen wackeligen Handkuss und ging. Wir hinterher. Er hatte es wie immer eilig. Trotz seiner Trunkenheit schritt er gerade und flott voran. Mutter schimpfte vor sich hin, doch er hörte es nicht. Schämen müsse man sich, jawohl, schämen.

Im Zug wiederholte sie das, doch da schlief der Vater bereits. Mutter schwieg, Vater schnarchte, und wir konnten uns mit Mühe wach halten, waren müde vom Nichtstun. Und vor uns lag noch die Wanderung vom Bahnhof nach Hause.

Mir war, als Vater sich das Geld lieh, das arrogante, überlegene Grinsen des Arztsohnes nicht entgangen. Am Montag, ehe ich zur Schule fuhr, mahnte ich den Geldschein an. Vater hatte das Haus schon verlassen, Mutter hatte nur Kleingeld da und vertröstete auf den nächsten Tag. Ich fuhr in die Stadt, aber ich schwänzte die Schule. Am Dienstag hatte ich den Schein dabei. Der Chefarztsohn empfing mich mit der Bemerkung: «Dein Vater ist ja ein lustiger Vogel!»

Ich hätte ihn erwürgen wollen, über ihn herfallen, aber er war stärker als ich. Ich reichte ihm den Schein. Achtlos steckte er ihn ein. Mir war sofort klar, dass er ihn seinem Vater nicht geben würde. Diese Vorstellung verfolgte mich lange.

Wenn wir, wie an jenem Tag, mit dem späten Zug fuhren, schlief mein Vater immer. Ein jämmerlicher Anblick. Wir mussten ihn wecken, wenn wir ankamen. Dann schreckte er hoch, stierte vor sich hin, stand auf, stieg aus und rannte sofort voraus. Wieder folgten wir ihm wie die wandernden Orgelpfeifen.

Marschieren konnte Vater immer. Das schien ihn nüchtern und für neue Abenteuer bereitzumachen. Kaum hatten wir den Dorfrand erreicht, ging er mit seinen langen Schritten voraus und war schon im Gewühl der trinkenden und schwatzenden Männer im Biergarten unserer Dorfwirtschaft untergetaucht, als wir dort vorbeikamen. Zu Hause angekommen, aßen wir meistens noch von der völlig verstummten Mutter geschmierte Brote und schlichen uns dann freiwillig in die Betten.

Mutter saß dann im dunklen Wohnzimmer, starrte in den Garten hinaus und weinte. Zwanzig Jahre nach dem Tod meines Vaters sagte mir meine alte Mutter einmal, dass sie seit seinem Tod nicht mehr geweint habe. Ich weiß, dass sie auch nicht geweint hat, als er starb. Stumm stand sie am Grab, und in ihrem Gesicht glaubte ich den Entschluss sehen zu können: Jetzt nochmal leben, neu, anders, ganz anders. Sie hat es getan.

Damals aber, als wir Kinder waren, musste Mutter am Ende immer weinen, wenn Vater seine von uns allen gefürchtete gute Laune bekam.

Matilda

Als kleines Mädchen von acht Jahren war Nureeni Fox zum ersten Mal mit ihren Eltern aus Kanada nach New York gekommen. Sie stiegen ab im Hotel Algonquin, 59 W.44th Street. Es war ein altes Hotel mit einer wunderbaren Eingangshalle, in der dicke Teppiche lagen, tiefe Sessel und kleine Tischchen standen, Kronleuchter ein mildes Licht gaben. Man sprach gedämpft, die Menschen, die hier wohnten oder sich auf einen Drink trafen, sahen elegant aus, und die kleine Nureeni war begeistert. Sie kam aus Ontario, wo es den riesengroßen Algonquin Provincial Park gab, ein wildes, seenreiches Waldgebiet, und unter dem Hotel Algonquin hatte sie sich irgendeine Jägerhütte mitten in New York vorgestellt – und nun diese gediegene Atmosphäre! Nureeni war glücklich, zumal sie erfuhr, dass berühmte Schriftstellerinnen wie Edith Wharton, Djuna Barnes, Dorothy Parker und Grace Paley hier ein und aus gegangen waren. Nureeni Fox kannte keine dieser Schriftstellerinnen, aber sie schrieb selbst mit acht Jahren bereits Gedichte und wollte unbedingt eine berühmte Schriftstellerin werden, sodass sie wusste: Hier war der richtige Anfang für eine solche Karriere. Sie schrieb alles, was sie sah, hörte, erlebte und dachte, in ihr Tagebuch und stand lange in der Hotelhalle vor dem großen Wandgemälde, auf dem all die legendären Berühmtheiten der zwanziger Jahre an ihrem runden Stammtisch zu sehen waren – elegante Frauen mit roten Wangen und langen Zigarettenspitzen, in schönen Kleidern und mit eindrucksvollem Schmuck, Herren mit Zigarren und Whiskygläsern, ja, so war das Leben, nicht so, wie es ihr Vater führte, der in New York in Sachen Aluminium von einem Geschäftstermin zum andern eilte. Nureeni besuchte stattdessen mit ihrer Mutter die Museen, die Buchläden, die schönen Kaufhäuser auf der 5th Avenue und auch mal ein Broadway-Musical. Von der Mutter, einer Neuseeländerin, Tochter eingewanderter Holländer, hatte sie die Neigung zum Musischen geerbt. Der Vater, scherzten beide immer gern, konnte einen Kühlschrank nicht von einem Klavier unterscheiden, aber Nureeni und ihre Mutter lasen sich Gedichte vor, spielten vierhändig Klavier und konnten vor Bildern, die Blumenstillleben zeigten, gemeinsam in Seufzer ausbrechen. Ihren seltsamen und in der Welt wohl einzigartigen Namen verdankte Nureeni diesem mütterlichen Hang zum Geheimnisvollen und Schönen: Als Mrs. Fox mit ihrer ersten und einzigen Tochter schwanger war, saß sie in Neuseeland oft am Strand von Oamaru, einem kleinen Städtchen an der Mündung des Waitaki River, und sah jeden Mittwoch um dieselbe Zeit ein stolzes weißes Schiff in den kleinen Hafen einlaufen, das den Namen *Nureeni* trug. Sie wusste nicht, was der Name bedeutete, aber er klang poetisch und schön, und in Oamaru war ja auch die zwar so unglückliche, aber hoch begabte Dichterin Janet Frame zur Schule gegangen – es wäre gewiss ein Zeichen, würde sie ihre Tochter, wenn es denn eine Tochter sein sollte, was sich Mrs. Fox dringend wünschte, Nureeni nennen. Es war eine Tochter, und gegen den Widerstand ihres Mannes und ihrer Schwiegereltern, die für Mary oder Joanne waren, wurde das zarte, phantasiebegabte, aber auch von Anfang an sehr energische Kind auf den Namen Nureeni getauft. Erst Jahre später erfuhr Mrs. Fox, dass das weiße Schiff ein Müllschiff der Maori war, der wenigen noch lebenden Ureinwohner Neuseelands, das einmal in der Woche in Oamaru anlegte, und Nureeni hieß in der Sprache der australischen Aborigines so viel wie das lateinische *ecce*, nämlich: *siehe da!* Siehe da, das Müllschiff kommt – und so hieß denn das kleine Mädchen *Siehe da.* Erst nach dem Tod der Mutter klärte ein Maori, der damalige Leiter der Glühwürmchengrotte von Te Anau, der die Dialekte der Maori und der Aborigines studiert hatte, Nureeni über ihren Namen auf, und sie dachte amüsiert: Sieh mal da!

Bei diesem ersten Besuch in New York im Hotel Algonquin lernte Nureeni Matilda kennen. Matilda war die Hotelkatze, ordinär grau gestreift und wirklich nichts Besonderes. Sie war rund und kräftig, und das einzig Ungewöhnliche an ihr war, dass sie auf dem Pult an der Rezeption lag oder im schönsten Gobelinsessel mitten in der Halle und dass alle Hotelgäste und Besucher es respektvoll vermieden, sich auf eben diesen Sessel zu setzen oder Matilda gar vom Rezeptionspult zu vertreiben. Sie hatte hier ein Anrecht, sie wohnte immer hier, und einige berühmte Dichter, so erzählte man Nureeni, hatten Matilda auch schon in ihren Geschichten verewigt. Matilda ließ sich streicheln, schnurrte aber nicht und zeigte nur Gleichgültigkeit, aber keinerlei näheres Schmusebedürfnis, wie es Nureeni von anderen Katzen kannte.

Bei ihrem zweiten Besuch in New York, man wohnte wieder im Hotel Algonquin, war Nureeni siebzehn Jahre alt und sehr verliebt in einen Jungen aus Ontario. Sie schrieb ihm täglich Briefe, dazu saß sie in der unverändert schönen, bequemen Hotelhalle, das Tagebuch immer neben sich, um Interessantes zu notieren. Eine erste Erzählung von Nureeni war bereits in der Schülerzeitung veröffentlicht und gelobt worden, sie war auf dem besten Wege, eine Dichterin zu werden, und auch in ihren Briefen an Tom, den jungen Mann aus Ontario, bemühte sie sich sehr um blumige Bilder und bewegte Schilderungen des New Yorker Lebens. Auch Matilda wurde beschrieben, die Hotelkatze, die grau gestreift auf dem Gobelinsessel saß. Schmaler schien sie geworden zu sein, hochbeiniger, und sie schnurrte, wenn man sie streichelte. Nureeni wusste, dass das damals nicht so gewesen war, aber, dachte sie, wir verändern uns eben alle, ich bin ja auch nicht mehr dieselbe wie damals. Bei diesem zweiten Besuch war Mrs. Fox schon kränklich und nicht mitgekommen. Mr.

Fox war den ganzen Tag in Sachen Aluminium unterwegs, holte seine Tochter eigentlich nur abends zum Essen ab, und die Tage verbrachte Nureeni am Times Square, im Battery Park beim Füttern der Eichhörnchen, in der Nationalbibliothek auf der 42. Straße oder im Metropolitan Museum.

Bei ihrem dritten Besuch in New York war Nureeni die junge Ehefrau eines sehr viel älteren Professors für Geschichte. Sie wünschte sich, im Algonquin zu wohnen, und zeigte ihrem Mann mit Feuereifer alles, was sie kannte die – Bar, das Wandgemälde in der Halle, den Speisesaal, Matilda, die Katze an der Rezeption. Matilda schien ihr weniger grau als beige gestreift zu sein, aber man kannte diesen leichten Vergilbungseffekt ja auch von altem Leinen, warum nicht von altem Pelz. Matilda presste zärtlich ihren Kopf an Nureenis Hand, als sie gestreichelt wurde, und Nureeni dachte: Sie kennt mich jetzt schon, nach all den Jahren, sie kennt mich, und sie freut sich, mich wieder zu sehen.

Nureenis sehr viel älterer Mann starb, als sie erst fünfunddreißig Jahre alt war. Sie verkaufte das gemeinsame Haus in Stanford, wo er an der Universität gelehrt hatte, und zog nach Long Island, in die Nähe New Yorks, ans Meer, in eine

Kolonie, in der kultivierte, aber verarmte alte Russen lebten. Immer hatte sie das Meer geliebt, und hier konnte sie lesen, schreiben, schauen, und ab und zu fuhr sie für ein paar Tage nach New York und wohnte im Hotel Algonquin. Sie traf dann auch Freunde in der Stadt, ging in die Oper und ins Theater, genoss das Leben in Manhattan und sprach mit ihrem Verleger, der treu zu ihr hielt, obwohl ihre schmalen Lyrik- und Erzählbände sich nicht gut verkauften. Sie war tatsächlich Schriftstellerin geworden, aber keine sehr berühmte, wie sie es als Kind erträumt hatte. Sie hatte ein paar gute Kritiken bekommen, war in ein paar Zeitschriften abgedruckt worden, aber ohne das Erbe aus ihres Vaters Aluminiumimperium hätte sie nicht so angenehm leben können, wie sie es tat. Matilda saß immer noch auf oder neben dem Pult, wenn sie ins Algonquin kam, oder sie lag zusammengerollt auf dem neu bezogenen, nun roten Samtsessel. Sie schien viel kleiner zu sein als früher – wie eben alte Menschen ja auch schrumpfen und klein werden wie die Kinder. Nureeni schrieb eine kleine Geschichte über Matilda, die tatsächlich in der Samstagsbeilage der *New York Times* erschien und ihr im Hotel Algonquin freundlichen Respekt einbrachte.

Mit fünfundvierzig Jahren heiratete Nureeni ein zweites Mal, aber diese Ehe brachte ihr kein Glück. Arthur verjubelte einen Teil ihres Vermögens und verstand nichts von ihren Gedichten, und sie ärgerte sich darüber, einer plötzlich so heiß aufgewallten Leidenschaft wegen auf diesen zwielichtigen Immobilienmakler Arthur Miller hereingefallen zu sein – vielleicht weil er so hieß wie der bewunderte Schriftsteller. Sie konnte sich diesen Ausrutscher jedenfalls nicht erklären und verkroch sich nach dem Scheitern dieser Ehe für zwei Erholungswochen im stillen, freundlichen Hotel Algonquin, in dem man noch wusste, was Manieren sind. Matilda lag jetzt oft in der Bar auf dem Ledersofa und ließ sich auch durch den dicken Zigarrenqualm rauchender Herren nicht abschrecken. Seit einiger Zeit tat sie wieder so, als würde sie Nureeni Fox gar nicht kennen, wich sogar ihrer Hand aus, wenn sie sie streicheln wollte. Nureeni suchte die alten Plätze und fand viele davon nicht mehr. Das Café, das sie so geliebt hatte, war einer Jeansboutique gewichen. Das ehemalige Jugendstilrestaurant am Union Square beherbergte jetzt eine Bank, der Squirrel-Man im Battery Park, der gegen ein paar Cents Futter für die grauen Eichhörnchen verkaufte, war nicht mehr da, und aus dem See im Central Park hatte man das Wasser abgelassen. Die grünen alten Leselampen im großen Lesesaal der Nationalbibliothek in der 42. Straße waren Neonröhren gewichen, und auf den langen Holztischen standen Computer, vor denen junge Leute mit dicken Turnschuhen an den Füßen saßen. Nureeni spürte zum ersten Mal, dass sie alt wurde und dass sich alles veränderte. Und sie empfand diese Veränderungen als durchaus schmerzlich: Sie hatte, als die Dinge noch schön waren, nicht bemerkt, wie schön sie waren, und nun wurde alles banal und hässlich. Sie weinte, wenn in ihrer Umgebung Bäume abgeschlagen wurden, die sie lange gekannt hatte, sie litt unter dem Verlust von Freunden, es tat ihr weh, kleine alteingesessene Geschäfte beim nächsten Besuch der Stadt nicht mehr wiederzufinden, weil die Besitzer gestorben oder von mehr Miete zahlenden Geschäftsleuten vertrieben worden waren. Die einzigen Konstanten, so schien es ihr auf einmal, waren die Halle des Hotels Algonquin, auch wenn die Polsterbezüge wechselten, und Matilda, und erst als Nureeni schon weit über fünfzig Jahre alt war, wurde ihr von einer Sekunde auf die andere plötzlich bewusst: Das konnte ja gar nicht mehr die Matilda von früher sein. Mit acht Jahren hatte sie die Hotelkatze zum ersten Mal gesehen, und da gab es bereits in Romanen und Erzählungen der Dichter, die regelmäßig im Algonquin abstiegen, Geschichten über sie. Also konnte sie schon damals nicht mehr so jung gewesen sein. Jetzt wäre sie längst über fünfzig Jahre alt, und das wäre dann doch ein zu langes Leben für eine Katze. Vorsichtig erkundigte sich Nureeni an der Rezeption nach Matilda. Eine junge Frau, elegant, modern, ganz anders als die liebenswerte, umständliche ältere Dame von früher, saß am Computer und gab gern Auskunft.

«Ach», sagte sie, «wir nennen sie immer alle Matilda. Die älteste wurde, glaube ich, elf. Meistens laufen sie irgendwann hinter einem Gast her hinaus, werden überfahren oder finden nicht zurück. Wir besorgen dann sofort eine neue, die so ähnlich aussieht. Die Stammgäste bestehen darauf, Matilda hier anzutreffen.» Sie zeigte auf die gegenwärtige, tiefgraue Matilda, lachte und sagte: «Das da ist ein Kater, heißt aber trotzdem Matilda. Die Tradition, wissen Sie.»

Nureeni wusste nicht, ob dies nun ein besonders schmerzlicher Fall von Betrug oder eine besonders komische Geschichte war. Sie ging verwirrt auf ihr kleines Zimmer. Im Algonquin war nur die Halle groß, die Zimmer erlaubten kaum Luxus. Nureeni legte sich aufs Bett und dachte lange nach über alles, was sich um sie herum immerfort veränderte. Sie wollte Konstanten, sie wollte etwas, das blieb, etwas, an dem man sich orientieren konnte. Wohnungen und Häuser wechselten, Möbel wurden ausgetauscht. Menschen verschwanden, Städte veränderten täglich ihr Gesicht, ein großes weißes Schiff fuhr durchs Leben und entsorgte alles, *Nureeni,* das Müllschiff, das alles mitnimmt, irgendwohin, *ecce vita, sieh an, das Leben,* dachte sie und schlief ein.

Als sie erwachte, beschloss sie, nie wieder über Matilda nachzudenken und dankbar dafür zu sein, dass es diese eine feste Größe in ihrem Leben gab. Alles verschwand, Matilda blieb, alles änderte sich, Matilda war unwandelbar am selben Ort, mit demselben Namen, eine Katze, die ewige Katze, der ruhige Pol in der Erscheinungen Flucht. Wenn das alles auch auf einer Lüge beruhte, so ließ sich mit der Lüge einer Tradition besser leben als mit dem gänzlichen Verschwinden aller Traditionen. Dorothy Parker, da war Nureeni sich sicher, hätte das auch so gesehen.

Nureeni ging in die Halle, bestellte sich einen

Gin Tonic und klopfte leicht neben sich auf die gepolsterte Bank.

«Komm, Matilda», flüsterte sie, und der graue Kater namens Matilda sprang neben sie, rollte sich zusammen, schnurrte, und Nureeni streichelte das graue Tier und flüsterte ihm ins Ohr: «Es tut so gut, jemanden zu haben, der mich schon kannte, als ich erst acht Jahre alt war.»

Rudernde Hunde

Ich war ein schlechter, um nicht zu sagen miserabler Schüler.

Ich interessierte mich einfach für nichts, hatte keinen Ehrgeiz, keine Ziele, keine Perspektiven. Ich hatte keine Vorstellung von meiner Zukunft. Aber das war mir egal. Irgendwas würde schon werden. Das Einzige, was ich konnte, worin ich gute Noten hatte, war Sport. Um an den langweiligen Nachmittagen und Wochenenden nicht zu Hause herumsitzen zu müssen, ging ich zu den Wasserfreunden e. V. von 1900, einem Ruderclub. Ich ruderte mit einem Hünen von einem Menschen in einem Zweier ohne, starrte stundenlang in sein pickeliges Genick, hörte seine Befehle und ruderte schlecht und recht, ohne wirklich Spaß daran zu haben, auch hier ohne Ehrgeiz. Da ich trainingsfaul war, suchte sich der Hüne bald einen anderen Partner. Auch im Einer kam ich auf keinen grünen Zweig. Das war etwa um die

Zeit, da sie mir an der Schule das Reifezeugnis gaben, vermutlich nur, weil mein Vater einflussreich im Stadtrat saß. Dank des ärztlichen Gutachtens eines Parteifreundes meines Vaters musste ich wegen eines angeblich irreparablen Rückenleidens nicht zur Bundeswehr. So gesehen war es gut, dass ich zu der Zeit schon nicht mehr leistungssportlich, sondern nur noch feiernd und trinkend bei den Wasserfreunden tätig war.

Von meinem Vater war bestimmt worden, dass ich Jura studieren sollte, um einmal seine Kanzlei zu übernehmen. Zweimal in meinem Leben habe ich mich dem Willen meines Vaters, der selbstredend auch der Wille meiner Mutter war, widersetzt. Einmal, indem ich Sport studierte, und zum zweiten Mal bei der Wahl meiner späteren Frau.

Nicht, dass mich das Sportstudium im Mindesten interessiert hätte. Ich hatte überhaupt keine Vorstellung davon, was ich damit einmal anfangen würde. Ich wählte es, weil ich zum ersten Mal in meinem Leben wusste, was ich nicht wollte: in einer Anwaltskanzlei versauern, wie mein Vater werden, in seine Fußstapfen treten.

Eines Tages stand ich vor der Aufgabe, mir ein Thema für eine Diplomarbeit zu suchen. Ich wollte natürlich über das Rudern schreiben, davon hatte ich noch am ehesten eine Ahnung. Und glücklicherweise war ich vor kurzem auf eine interessante Geschichte gestoßen. In einer Zeitung aus der Vorkriegszeit hatte ich von den damals bekannten Ruderzwillingen Harro und Hasso Kracht gelesen, die in den dreißiger Jahren national und international den Zweier ohne beherrschten. Trainingsfleiß, absolute Harmonie, Kampfeswille sollen sie ausgezeichnet haben. Die Presse überschlug sich damals mit Lob über die Zwillinge, die, wie es hieß, nur von ihren Eltern und ihrem Trainer auseinander gehalten werden konnten. Nie, so stand zu lesen, habe man gewusst, wer von den beiden vorne und wer hinten saß. Sie sollen das Publikum und die Gegner regelrecht an der Nase herumgeführt haben. Erstaunt hat mich, dass von den beiden nach dem Krieg nie mehr die Rede war. Sie waren 1939 vierundzwanzig Jahre alt, also waren sie vermutlich im Krieg gewesen. Nach dem Krieg war sicher an die Fortsetzung der Karriere nicht zu denken. Lebten sie noch? Und wenn ja, wo und wie?

Es war Mitte der siebziger Jahre, als ich die Geschichte der Krachtzwillinge recherchierte. Da ich für die Wasserfreunde gerade eine Broschüre zum fünfundsiebzigsten Jubiläum der Vereinsgeschichte zusammenstellen sollte, kniete ich mich in die Sache hinein, saß in Zeitungsarchiven, wälzte Bücher, suchte Wochenschaumaterial, Sportdokumente. In der Jubiläumsbroschüre schrieb ich die lapidare Feststellung: *Von 1938 bis 1946 ruhte der Sportbetrieb*, denn in der Reichskristallnacht vom November 38 wurden sieben jüdische Familien verschleppt, aus denen fast die gesamte Rudermannschaft rekrutiert war. Mein Vater, stellvertretender Vorsitzender der Wasserfreunde, bat mich, dieses «unappetitliche Kapitel», wie er sich ausdrückte, ruhen zu lassen. Ich ließ es ruhen, es interessierte mich nicht weiter, denn ich war jetzt auf der Spur der Krachtzwillinge. Die führte nach Leipzig.

Nach langwieriger Korrespondenz mit DDR-Bürokraten war es mir schließlich gelungen, Kontakt zum Verein für Wasserspiele, VfW Torpedo Leipzig aufzunehmen. Von dort erfuhr ich, dass die gesamte Familie Kracht noch vor Gründung der DDR in den kapitalistischen Westen gegangen war, wohin, das konnte oder wollte man mir nicht mitteilen. Allerdings, so schrieb man mir, wäre für mich vielleicht von Interesse, dass Herbert Suhrbier, der damalige Trainer der Krachts, heute Seniorentrainer der Torpedo-Ruderer sei und in Leipzig wohne und sicher sehr viel über die Zwillinge von damals zu sagen habe. Ich schrieb ihm sofort. Ich war neugierig geworden, ich glaube, zum ersten Mal in meinem Leben hatte ich Feuer gefangen, hatte mich etwas wirklich interessiert.

Suhrbier schrieb sparsam zurück, auf Briefpapier des Vereins. Ja, die Krachts, das sei ein weites Feld, erzählen könne er da manches, schreiben, das sei allerdings nicht seine Sache. Also setzte ich alle Hebel in Bewegung, um die Genehmigung für eine Reise nach Leipzig zu bekommen. Das dauerte fast drei Jahre. Meine Diplomarbeit hatte ich inzwischen abgeschlossen. Thema: Die Darstellung des Rudersports in den Medien nach der Machtergreifung Adolf Hitlers.

Im Herbst 1978 fuhr ich nach Leipzig. Meinen Fotoapparat und eine Mappe mit Kopien der Zeitungsausschnitte von damals nahmen sie mir an der Grenze ab. Es sollte sich herausstellen, dass Suhrbier alle Berichte über die Krachts gesammelt hatte.

Er hatte seine Ämter im Verein inzwischen niedergelegt und empfing mich bei sich zu Hause.

Er wohnte in einer schmucklosen, einfachen Reihenhaussiedlung ein Stück außerhalb der Stadt, eineinhalbgeschossige Häuser, eines wie das andere, kleine, teilweise gepflasterte oder gekieste Vorgärten. Nummer 12, Herbert Suhrbier. Das Namensschild an der Tür, in Holz gebrannte Schrift, zierte ein Ruder. Im Vorgarten tobten zwei braunweiße, gefährlich aussehende Hunde, Rüden, das sah ich, die Rasse konnte ich nicht ausmachen. Von Hunden verstehe ich auch nichts. Ich klingelte, Suhrbier erschien in der Tür, und ich traute meinen Ohren nicht.

«Harro, Hasso, hierher!», rief er. Die Hunde hatten die Namen der Krachtzwillinge. Suhrbier sperrte sie in einen Zwinger, von wo aus sie zähnefletschend den Westler bedrohten und mich fatal an die beiden Grenzsoldaten im Zug erinnerten, die in meinem Kulturbeutel herumgeschnüffelt und alles kommentiert hatten, was sie fanden. («Ah, Zahnpasta, glauben Sie, auf dem Boden der Deutschen Demokratischen Republik gibt es keine Zahnpasta?»)

Jetzt erst, nachdem er die beiden Hunde beruhigt hatte, wandte sich Suhrbier mir zu.

«Na, haben Sie 's gleich gefunden?»

«Jaja, natürlich.»

«Gut, dann kommen Sie mal in die gute Stube.»

Die «gute Stube» war klein, mit Möbeln voll gepackt, und vor allem war sie ein Rudermuseum. Der athletische, jünger aussehende Mann mit den schlohweißen Haaren bewegte sich darin ungeschickt. Kaum saßen wir in den abgeschabten Sesseln vor einem Likör, wollte ich die Frage loswerden, die mich drückte.

«Ihre Hunde – sie heißen wie die Krachtzwillinge! Warum?»

Er lachte.

«Ich habe 1930, als ich anfing, sie zu trainieren, sie waren gerade fünfzehn, ihren Vater, einen alten General, mal gefragt, wie die beiden zu diesen sonderbaren Namen gekommen sind. Wissen Sie, was der geantwortet hat? ‹So hießen die besten Hunde, die ich je hatte.› Er hat seine Zwillinge tatsächlich nach seinen Hunden benannt. Na ja, und ich – diese Hunde da draußen sind die besten Hunde, die ich je hatte – also heißen sie Harro und Hasso. Und – also – ich hab die Zwillinge manchmal, wenn ich sie zusammenscheißen musste, ‹ihr Hunde› genannt.»

Etwas verlegen machte ihn das doch, er lächelte unsicher.

«Sie waren aber auch wie Hunde. Wenn man

ihnen etwas erklärte, dann standen die nicht still oder stramm wie andere. Nein, die standen da, so – einen Fuß ein Stück vor dem anderen – so, sehen Sie – und dann wippten sie vor und zurück – so – verrückt. Und beide, verstehen Sie: beide – so – im Takt wippten sie. Wie – ja, eben wie Hunde, die einen Befehl bekommen und es nicht abwarten können, ihn zu befolgen und auszuführen. Sie waren wie Hunde – aber dazu zeige ich Ihnen später noch was.»

Er erzählte, zeigte Fotos und Zeitungsausschnitte, Trophäen, Plaketten und Pokale. Und er sprach begeistert und liebevoll, wie ein Vater beinahe, von den Zwillingen.

Sie waren zweifellos die größten Talente, die er je betreut hatte. Sie waren eine Einheit, einer war ohne den anderen nicht denkbar, sie ergänzten sich, rissen sich gegenseitig mit – am Anfang. Suhrbier machte eine lange Pause, in die hinein ich fragen konnte.

«Und später nicht mehr?»

«Später – als sie national fast ganz oben waren, quälten sie sich nur noch.»

«Und machten doch weiter?»

«Ja. Sie mussten. Konnten ja nichts anderes, hatten ja nichts gelernt.»

Wieder schaute er in eine imaginäre Ferne, blieb dann an der Wand an irgendeinem der vielen Fotos hängen und erklärte, dass die Zwillinge viel unterschiedlicher gewesen seien, als man annehmen konnte und wollte. Das habe er sehr bald gespürt. Harro sei der harte, der ehrgeizige, der besessene Sportler gewesen, der Hasso, den introvertierten, ständig verliebten, Bücher lesenden, Gedichte schreibenden Träumer mitriss, immer wieder, von Erfolg zu Erfolg. Hasso habe mitgemacht, weil er in einem anderen Leben keinen Sinn gesehen hätte. Und Disziplin hatten sie bei ihrem alten Herrn zur Genüge gelernt.

«Man hätte sie spätestens mit neunzehn trennen müssen. Doch das war unmöglich. Harro mit einem anderen Partner – ich hatte einen, Kamphausen, fuhr im Einer ganz passabel –, die beiden hätte auf der ganzen Welt niemand geschlagen. Hätte, hätte, wäre, wäre, was soll's.»

Was in westdeutschen Vereinsbroschüren mit «ruhte der Spielbetrieb» umschrieben wird, erstand plastisch vor mir. Siege, Niederlagen, Ehrungen, der Händedruck des Führers, Orden, Auszeichnungen, die Olympiade 36, die große Zeit – er erzählte begeistert davon und strahlte. Der in der DDR hoch dekorierte Mann schwärmte von der großen Zeit im nationalsozialistischen Deutschland. Und als er mir ein Bild zeigte, auf dem ihm der Führer die Hand drückt, hatte er Tränen in den Augen.

Die Zeit verging schnell. Inzwischen war auch Suhrbiers Frau nach Hause gekommen, aber sie zog sich nach kurzer Begrüßung zurück, als müsste sie vor den Geschichten, die da wieder erstanden, fliehen.

Ich hatte nicht mehr viel Zeit. Ich musste, so die Anweisung, heute noch den *Boden der Deutschen Demokratischen Republik* verlassen, den letzten Zug nehmen. Und ich hatte doch noch so viele Fragen.

«Leben die Zwillinge noch – wissen Sie etwas über sie?» Er kramte eine Ansichtskarte mit dem Kölner Dom hervor und las:

«Lieber Herr Suhrbier – leben jetzt in Köln – große Familie – feiern im Mai fünfzigsten – werden Sie leider nicht kommen können – schade – haben Sie nicht vergessen – Harro und Hasso, Ihre Hunde. Die Karte ist 65 gekommen, über den Verein. Ich hab dann später von einem Journalisten in Berlin gehört, die beiden hätten in Köln ein Geschäft, Glas, Spiegel, Rahmen, so was.»

Wunderbar, eine neue Spur, ich würde sie also

kennen lernen. Gleich morgen, nahm ich mir vor, würde ich einen Sportjournalisten in Köln anrufen. Das wird eine Geschichte werden! Zwillinge! Ost-West. Nazizeit! Ich sah die Geschichte gedruckt vor mir – vielleicht ein Buch –, mal sehen.

«Mehr hab ich nicht gehört. Na ja, man lebt in einer anderen Welt, vorbei die Zeit.»

«Die beiden haben Sie gesiezt damals – Sie waren doch gerade fünf Jahre auseinander?»

«Jaja, aber ich war der Chef.»

Ich musste mich verabschieden, meine Zeit war um.

«So, ich muss los. Mit den Grenzbehörden ist nicht zu spaßen. Es war sehr interessant – und ich danke Ihnen.»

Wir standen auf.

«Sie wollten mir noch was zeigen – wegen der Hunde.»

«Ach ja!»

Er verschwand kurz und kam dann mit einer kleinen Bronzeplastik wieder zurück. In einem etwa zehn Zentimeter langen Boot saßen zwei weiß-braune Hunde – denen da draußen im Hof sehr ähnlich – und ruderten. Verbissen, ernst, besessen sahen sie aus.

«Sehen Sie, das hat mir meine Frau aus Ungarn

mitgebracht. Sie hat es nach einem Foto unserer Hunde machen lassen.»

«Das ist ja wunderbar!»

Er reichte mir dieses Geschenk seiner Frau. Ich schaute es noch einige Zeit an und fragte mich, was sich ein Mensch dabei gedacht hat, seine Söhne nach seinen Lieblingshunden zu nennen. Hasso und Harro, da saßen sie im Boot, ich vermute einmal, Harro hinten, um Hasso die Schlagzahl in den Nacken zu schreien und ihn anzutreiben, ihn, der eigentlich Gedichte schreiben wollte.

Dann ging ich. Suhrbier stand am Gartentor, beruhigte die Hunde und winkte.

«Und grüßen Sie die beiden, wenn Sie sie sehen!», rief er.

Als ich mich noch einmal umdrehte, sah ich, dass seine Frau, die mich nicht verabschiedet hatte, aus dem Haus gekommen war und heftig auf ihn einredete.

Auf die beiden Briefe, die ich kurz danach schrieb, antwortete er nicht.

«Guten Tag, was kann ich für Sie tun?»

In den vielen Spiegeln sah ich mehrfach, zum Teil von Facettenschliffen zerstückelt, einen grauhaarigen Mann in grauem Kittel. Ich drehte mich um, und vor mir stand, ein Bein nach vorne gesetzt, von vorne nach hinten wippend, einer der beiden Krachtzwillinge. Ich hatte immer wieder die Fotos von damals angesehen, an das gedacht, was Suhrbier zum Unterschied zwischen den beiden gesagt hatte, und mir geschworen, ich erkenne, wer Hasso ist und wer Harro. Jetzt hatte ich ja nur einen vor mir, und ich hatte keine Ahnung. Aber mir wurde in diesem Moment, da ich diesen Mann in den Spiegeln sah, erst richtig bewusst, wie grotesk es war, dass zwei Männer, die einer wie der andere aussehen, ausgerechnet ein Spiegelhaus betreiben. *Krachts Spiegelhaus vormals Pütz* in Köln.

Ich hatte mich bewusst nicht angekündigt. Ich wollte mir die beiden unter einem Vorwand ansehen und erst später mit meinem Wissen und meinem Anliegen kommen. Doch kurz vor Betreten des Ladens hatte ich mich für eine andere Art der Kontaktaufnahme entschieden.

«Ich habe da ein altes Foto, das möchte ich rahmen lassen.»

«Gern, dafür sind wir da. Haben Sie die Maße?»

«Ich hab es dabei.»

Ich holte aus meiner Tasche ein DIN-A4-großes Bild, das die Krachts im Zweier zeigte, ausgepumpt, aber glücklich lächelnd nach einem Sieg, ein Bild aus dem Jahre 1936. Gespannt legte ich es mit der Bildseite nach oben auf den Tisch. Der Mann nahm, ohne sein Wippen zu unterbrechen, einen Maßstab, maß Länge und Breite, schob dann das Bild beiseite. Er hat es nicht erkannt, nein, er hat es gar nicht angeschaut. Man legt ihm wohl so viele Bilder am Tag auf den Tisch, dass er die nicht mehr betrachtet. Sie haben für ihn nur zwei Maße, sonst nichts.

«DIN A4. Und wollen Sie ein Passepartout?»

«Ja, doch. Ich will es verschenken.»

«An welche Art Rahmen haben Sie gedacht?»

«Was Schlichtes – nicht schwarz – Mahagoni oder so.» Wieder legte er den Maßstab aufs Foto, einmal längs, einmal quer, und wieder sah er nichts.

«Ich würde sagen, 30 mal 40 müsste gut aussehen. Ich hol mal ein paar Muster. Einen Moment, bitte.»

Er verschwand nach hinten. Ich war zwar etwas enttäuscht, andererseits aber auch neugierig, wie das weitergehen würde. Ich schaute mich im Laden um, sah mich hundertfach gerahmt, vergoldet, fühlte mich geehrt. Dann tauchte er wieder auf, ich drehte mich um und lächelte ihn an. Sein Wippen begann mich zu irritieren.

«Guten Tag, was kann ich für Sie tun?»

Ich war ganz kurz verblüfft, dann war mir klar, dass es der andere war!

«Haben Sie einen Wunsch?»

«Danke, ich hab schon mit –.»

«Ach ja, mein Bruder wird dann wohl gleich kommen.»

Er lächelte das leicht überlegene Lächeln der Zwillinge, Ausdruck ihrer Freude an der Verblüffung der anderen. Ich hatte meine Jugend mit Zwillingen verbracht. Verena und Monika, die Töchter unseres Bürgermeisters, gingen bis zum Abitur mit mir in eine Klasse. Neue Lehrer konnten sie nicht voneinander unterscheiden. Die beiden spielten damit bis in die Pubertät. Sie zogen sich gleich an, steckten sich dieselben Ringe an, hatten dieselbe Frisur. Erst als sich dieselben Jungens in sie beide verliebten, wollten sie sich voneinander unterscheiden. Unser alter Chemielehrer, schon leicht vertrottelt, gab sich nicht die Mühe der anderen Lehrer. Er nannte sie beide *Veronika.* Er rief Veronika auf, beide erhoben sich und sagten im Duett die auswendig gelernten

Formeln zu seiner Zufriedenheit auf. Er gab beiden immer dieselbe Note.

Der neu erschienene Spiegelzwilling (Spiegelzwillinge, so nannte man sie, wie ich später erfuhr) stand da, wippte, schaute zum Tisch, sah das Foto, ging näher an den Tisch, schaute das Bild interessiert an. In dem Moment wusste ich, das war Hasso, der Gedichte schreiben und nicht rudern wollte. Er schaute sich ein zu rahmendes Bild an, der andere, Harro, nicht. Ich starrte in irgendeinen Spiegel an der Wand, gab mich desinteressiert.

Der andere kam mit Rahmenmustern zurück.

«Harro, hast du das Bild gesehen!?»

«Ja, der Herr will es rahmen lassen.»

«Hast du dir das angeschaut?»

Jetzt standen sie beide, immer weniger wippend, vor dem Tisch und betrachteten das Bild. Ich sah sofort, dass ihnen da etwas wieder begegnete, das in ihrem jetzigen Leben keine Rolle mehr spielte, dass da urplötzlich eine Vergangenheit nach ihnen griff, die sie abgelegt hatten. Ich hatte sie mit einem Stück ihres Lebens konfrontiert, von dem sie vielleicht gar nichts mehr wissen wollten. Ob das gut gehen würde? Mir wurde bewusst, dass es vielleicht einen Grund haben könnte, warum man über die beiden Erfolgsruderer in den Sportgazetten, die doch jeden Altstar aus der Vorkriegszeit hervorkramten, nie etwas geschrieben hatte. Sie wollten vielleicht nichts mehr davon wissen. Hasso – ich merkte ihn mir ab sofort an den schlechteren Zähnen – erlöste mich. Er lächelte. Harro blickte noch immer starr auf das Bild. Dann schauten sie mich beide fragend an. Jetzt zog ich meinen ersten Trumpf.

«Ich will es Herbert Suhrbier zum siebzigsten Geburtstag schenken.»

«Herbert –»

«Suhrbier!»

Kurz darauf saß ich mit ihnen und ihren Frauen in ihrem Wohnzimmer über dem Laden. Ja, sie hatten *ein* Wohnzimmer. Die beiden Frauen waren Cousinen. Hasso hatte eine Tochter und einen Sohn, die arbeiteten beide im Geschäft mit. Harro hatte drei Söhne, von denen einer ebenfalls im Geschäft arbeitete, die anderen beiden hatten schon Familie, lebten aber in der Stadt. Die beiden Familien hatten immer nur eine Wohnung, die allerdings über zwei Etagen ging. Einen Zwilling, so sagten mir die Frauen, hat man nie für sich allein. Daraus, dass die beiden Männer nie zu trennen gewesen wären, hatten sie eine Tugend gemacht. Sie waren eine Großfamilie. Die Kinder sagten mir später, sie hätten immer zwei Väter gehabt und ihre Vettern und Cousinen *Bruder* und *Schwester* genannt.

Ich blieb ein paar Tage in Köln, traf mich mehrmals mit den Zwillingen und ihren Frauen, redete mit den Kindern, die erstaunlicherweise fast nichts über die Karriere ihrer Väter in deren jungen Jahren wussten. In der Wohnung, soweit ich sie gesehen habe, gab es keine Trophäen, keine Urkunden, keine Bilder von damals. Die Vergangenheit fand nicht statt. Es stellte sich heraus, dass sie beide das Rudern gehasst haben. Es war lediglich Bestandteil ihrer Erziehung, der des strengen Vaters und der jener Zeit. Diese Karriere, die damals als vorbildlich galt und natürlich propagandistisch ausgeschlachtet worden war, hatte ihre Jugend zerstört, sie daran gehindert, etwas Vernünftiges zu lernen und zu studieren.

«Es ging damals beim Militär gemütlicher zu als im Ruderverein», sagte Harro.

«Und Suhrbier war ein Schleifer, ein hundertprozentiger Nazi, wie sie eben damals herumliefen», sagte Hasso. «Er nannte uns Hunde, das müssen Sie sich mal vorstellen.»

«Los, ihr Hunde! Los!»

«Die Trainer waren damals alle so.»

«Sicher hat er sich im Sozialismussport auch durchgesetzt?»

«Natürlich.»

Ich erzählte, was ich von Suhrbier wusste, machte die Dinge aber schöner, als ich sie selbst empfunden hatte. Ich beschrieb meine Reise nach Leipzig und ließ bewusst einfließen, wie begeistert Suhrbier über sie beide gesprochen hatte und wie sehr er sich eine Wiederbegegnung wünschen würde. Ich handelte ganz eigennützig, denn da die DDR-Rentner jetzt in die BRD reisen durften, wollte ich doch gerne eine Begegnung herbeiführen.

Dass Suhrbier seine Hunde nach ihnen benannt hatte, erzählte ich ihnen nicht, und ich stellte, als ich einmal unverfänglich nach dem Grund für ihre Namen fragte, zu meiner Verblüffung fest, dass sie nicht wussten, dass die Lieblingshunde ihres Vaters so geheißen haben wie sie. Der alte General, so erzählten sie, wohnte in einem Seniorenstift in Baden-Baden, sei über neunzig Jahre alt und immer noch der alte General.

«Er geht durch die Stadt», sagte Hermine, die

Frau von Hasso, «und schlägt mit seinem Spazierstock allen an die Beine, die kurze Hosen tragen.»

Für mich verblasste die Geschichte der damaligen Leistungssportler immer mehr hinter der Geschichte der Zwillinge.

So viel fand ich heraus:

1939 verliebten sich beide während eines Lehrgangs in Köln in dasselbe Mädchen, in Christa Pütz, die Tochter eines Spiegelladenbesitzers. Noch ehe sich Christa für einen der Zwillinge entscheiden konnte, kam der Krieg, und beide wurden eingezogen. Anfangs noch zusammen in derselben Kompanie, wurden sie später getrennt. Harro lag wegen eines Beindurchschusses in Hamburg in einem Lazarett, Hasso wurde nach Russland an die Front geschickt. Harro kam 1945 als Erster zurück und schlug sich zielstrebig, ehe er die nach Karlsruhe geflüchteten Eltern aufsuchte, nach Köln durch. Dort bat er die völlig verblüffte, mit ihren Eltern in der Ruine ihres Hauses sitzende Christa, seine Frau zu werden. Sie wollte Bedenkzeit, Harro fuhr nach Karlsruhe, erfuhr, dass man von Hasso nichts mehr gehört hatte, kam zurück nach Köln, krempelte die Ärmel hoch und begann mit Christas Vater, Haus und Laden wieder instand zu setzen. Christa, die insgeheim immer noch an den anderen Bruder dachte, den, der ihr Gedichte aufgesagt hatte, den Träumer, gab schließlich Harros Werben nach. Im März 47 heirateten sie. Und es gibt ein Detail in dieser Geschichte, das mir, wenn ich sie erzähle, niemand glaubt: Am Tag der Hochzeit kam Hasso aus dem Krieg zurück. Auch ihn hatte es zuerst nach Köln gezogen.

Er heiratete zwei Monate später Hermine, die Cousine von Christa. Beide Männer stiegen in das Spiegelgeschäft ein, man baute über dem Laden die Wohnung über zwei Etagen aus und war, das bezeugten alle, sehr glücklich.

«So hatten wir beide beide», sagten die Frauen.

«Seither», sagte Hasso, «waren wir keinen Tag mehr getrennt.»

Ich schrieb in der Zeit nach diesem Treffen über die Krachts ein paar Artikel für Zeitungen, machte ein Feature für den Rundfunk und setzte mir in den Kopf, ich könnte ein Buch über die Zwillinge schreiben, einen Roman vielleicht sogar.

Suhrbier schickte ich das gerahmte Bild zum Siebzigsten, die Artikel, eine Kassette meiner Radiosendung, in der es O-Töne der Zwillinge gab. Die Kassette hat er, wie er mir später sagte, nie bekommen. Jetzt, da er sich in der westdeutschen Presse erwähnt sah, antwortete er mir wieder. In einem Brief schrieb er, dass seine Frau gestorben sei. Nun schrieb er öfter, sogar längere, mitteilsame Briefe. Es war wohl die Frau gewesen, die ihn vorher davon abgehalten hatte. Immer häufiger äußerte er den Wunsch, die beiden Schützlinge von damals noch einmal zu sehen.

Die Gelegenheit ergab sich. Ich war zum siebzigsten Geburtstag der Zwillinge eingeladen. Es sollte ein großes Fest werden, das ließ sich die Stadt Köln, die nicht ohne mein Zutun nun verstärkt Interesse an den beiden einst berühmten Bürgern ihrer Stadt hatte, nicht nehmen. Man lud mich ein, einen kleinen Vortrag über die beiden zu halten, eine Rede sozusagen, ich sagte zu. Und ich hatte mir ein Geschenk ausgedacht, eine Überraschung. Sicherheitshalber fragte ich Christa und Hermine Kracht, ob sie es für gut hielten, Suhrbier einzuladen. Die Männer, sagten sie, hätten in letzter Zeit öfter über ihn gesprochen, da seien wohl keine Vorbehalte mehr, und überhaupt würden sie jetzt sehr gelöst von dieser

Zeit sprechen, was nicht immer der Fall gewesen sei.

Also lud ich Suhrbier ein. Er durfte reisen und freute sich. Ich holte ihn am Bahnhof ab, brachte ihn ins Hotel, traf mich dann mit ihm vor dem Brauhaus, in dem das Fest stattfand. Es gelang mir sogar, ihn vor den Zwillingen so zu verstecken, dass ich ihn während meiner Rede als Überraschung hervorzaubern konnte.

Er war inzwischen sehr alt geworden, fast fünfundsiebzig, müde, etwas traurig. Aber die Überraschung war wohl gelungen. Harro und Hasso waren wirklich ahnungslos gewesen, sie freuten sich sehr, sie siezten ihn und nannten ihn, wie damals, Chef. Er benutzte die zweite Person Plural, denn einen Einzelnen von ihnen sprach er ohnehin nicht an.

«Dass ich euch nochmal sehen darf, für mich geht ein Traum in Erfüllung», sagte er, und die Zwillinge waren gerührt.

Man legte die Geschenke eigentlich auf einen extra dafür bereitgestellten Tisch. Aber Herbert Suhrbier hatte seinen ehemaligen Schützlingen etwas mitgebracht, was er persönlich überreichte, denn er wollte sehen, wie sie reagierten. Es war ein kleines Päckchen. Hasso packte es aus, und alle schauten neugierig zu. Ich ahnte, was es sein würde, und ich wusste, es würde deplatziert sein. Es war die Bronzeplastik der rudernden Hunde, die ihm seine Frau aus Ungarn mitgebracht hatte. Die Zwillinge lächelten irritiert, bedankten sich dann höflich mit dem Hinweis, dass das doch nicht nötig gewesen wäre, und Hasso fühlte sich ob der fragenden Gesichter am Tisch genötigt, darauf hinzuweisen, dass der Chef sie damals immer als Hunde bezeichnet hat. Dazu wollte sich höflicherweise niemand äußern. Die Bronzeplastik stand unbeachtet auf dem Tisch zwischen Bier- und Weingläsern, Zigarettenschachteln, Bestecken und Servietten, und Christa legte sie irgendwann samt dem Einwickelpapier auf ein Fensterbrett. Ich ließ das Geschenk nicht mehr aus den Augen.

Als die Kinder am Ende des Abends alle Geschenke nach draußen trugen, beachteten sie das Päckchen auf dem Fensterbrett nicht, zumal es so aussah, als handelte es sich nur noch um wertloses Einwickelpapier. Ich ging hin und steckte die rudernden Hunde ein. Am nächsten Tag schenkte ich sie meiner Frau, die sich sehr darüber freute.

Nun stehen sie schon seit über fünfzehn Jahren auf ihrem Schreibsekretär und sind ihr die Versinnbildlichung von Ehrgeiz und Besessenheit. Wenn meine Frau allerdings gefragt wird, was es mit diesen rudernden Hunden auf sich habe, erzählt sie eine völlig andere Geschichte, eine anrührende Geschichte von einem Freund in einem nächtlichen Zug von Paris nach München, der ihr auf einem einsamen Bahnsteig mitten in der Nacht, für wenige Minuten aus dem Schlafwagen entstiegen, ein Engel der Nacht sozusagen, dieses Geschenk gemacht habe.

So sind die Frauen.

Inhalt

Elke Heidenreich hat für den vorliegenden Band folgende Geschichten geschrieben: *Rudernde Hunde, Frau Janowiak, Frau Janowiak, ich kann Sie sehen!, Nurejews Hund, Trachtenmode, Heute morgen im Südpark, Liebesgeschichte, Das Geheimnis der chinesischen Wäscherei, Norwegian Wood oder: Harald, wo der Pfeffer wächst, Der Mantel der Liebe* und *Matilda.*

Bernd Schroeder ist Autor folgender Geschichten: *Herr Löhlein, Körnergefüttert, Ingvar Kamprad aus Elmtarysd in Agunnaryd, Wanda und Wladimir, Herr Bakker geht zur Bank, Schachmatt, Blaff-blaff, Wenn Vater seine von uns allen gefürchtete gute Laune bekam* und *Rudernde Hunde.*

»Bernd Schroeder ist ein ganz wunderbarer Erzähler.«

Angela Wittmann, BRIGITTE

Johannes hat zwei Frauen und zwei Probleme:
Lisa verlässt ihn, und seine Mutter kann er nicht verlassen.
Als er es fast geschafft hat, greift sie zum letzten Mittel.
Bernd Schroeder erzählt die endlose Liebesgeschichte eines
Mannes zu seiner ersten Frau: witzig, manchmal
bösartig und trotz allem liebevoll.

168 Seiten. Gebunden

www.hanser.de
HANSER